词经典

杜甫集

唐宋卷

主编 陈祖美

编著 宋红

河南文艺出版社
·郑州·

图书在版编目（CIP）数据

杜甫集/宋红编著. —郑州:河南文艺出版社,
2018.11

（中华经典好诗词/陈祖美主编）

ISBN 978-7-5559-0679-7

Ⅰ.①杜…　Ⅱ.①宋…　Ⅲ.①杜诗-诗集　Ⅳ.①
I222.742

中国版本图书馆 CIP 数据核字(2018)第 129404 号

出版发行	河南文艺出版社
本社地址	郑州市鑫苑路 18 号 11 栋
邮政编码	450011
售书热线	0371-65379196
承印单位	河南瑞之光印刷股份有限公司
经销单位	新华书店
纸张规格	890 毫米×1240 毫米　1/32
印　　张	5.625
字　　数	126 000
版　　次	2018 年 11 月第 1 版
印　　次	2018 年 11 月第 1 次印刷
定　　价	28.00 元

导言

陈祖美

  "中华经典好诗词"丛书是从浩如烟海的中华优秀诗词中几经精简、优中选优的一套经典诗词丛书。全套丛书共分先唐、唐宋、元明清三卷。其中唐宋卷唐代部分包括大小李杜,即李白、杜甫、李商隐、杜牧四位大家的作品专集,以及唐代其他名家的诗词精品,即《唐代合集》;宋代部分包括柳永、苏轼、陆游、辛弃疾四位大家的作品专集,以及宋代其他名家的诗词精品,即《宋代合集》。唐宋卷合计共十种。

  综观本卷的十个卷本,各有别致之处和亮点所在。

  李白和杜甫本是唐代名家中的领军人物,读过李、杜二卷更可进一步领略李、杜之别不在于孰优孰劣,而主要在于二人的性情禀赋、所处环境、生平际遇,以及所运用的浪漫主义和现实主义创作方法的不同。从林如海所编的《李白集》中,我们可以体会到诗仙作品那"笔落惊风雨,诗成泣鬼神"的艺术魅力。宋红编审在编撰《杜甫集》时,纠正了新旧注释中的不少错误,再三斟酌杜甫的全部诗作,为我们提供了不曾为历代选家所关注的一些新篇目,使我们对杜甫有了更深层次的认识。

在李白、杜甫身后一个多世纪的晚唐时代，再度出现了李商隐、杜牧光耀文坛的盛事。

平心而论，在唐宋卷的十种中，《李商隐集》的编撰怕是遇上较多难题的一种。感谢黄世中教授，他凭借对李商隐研究的深厚功底，不惮辛劳，从李商隐现存的约六百首诗作中遴选出八大类佳作，为我们消除与李商隐的隔膜开辟了一条捷径。

杜牧比李商隐的幸运之处，在于他尽管受到时相李德裕的多方排挤，却得到了同等高官牛僧孺的极力呵护和器重。再说杜牧最后官至中书舍人，职位也够高了。从总体上看，杜牧的一生风流倜傥，不乏令人艳羡之处，他的相当一部分诗歌读来仿佛是在扬州"九里三十步的长街"上徜徉。对于胡可先教授所编的《杜牧集》，您不妨在每年的春天拿来读一读，体验一下"腰缠万贯，骑鹤下扬州"的美好憧憬。

《唐代合集》所面临的主要难题是版面有限而名家、好诗众多。为了在有限的版面中少一点遗珠之憾，编者陈祖美主要采取了以下三种缓解之策：一是对多家必选的长诗，如《春江花月夜》《长恨歌》《琵琶行》等忍痛割爱；二是著名和常见选本已选作品，尽量避免重复，这里不再选用；三是精简点评字数。

唐宋卷中《柳永集》的编撰难度同样很大，其难点正如陶然教授所说：在柳永的生平仕履中谜团过多、褒贬不一。所幸，陶然教授继承和发扬了其业师吴熊和教授关于柳永研究的种种专长和各项成果，创造性地运用到本书的编撰之中，从而玉成了这一雅俗共赏的好读本。

仅就本丛书所限定的诗词而言，苏轼有异于以词名世的柳永和辛弃疾,洵为首屈一指的"跨界诗词王"!那么,面对这位拥有两千多首诗、三百多首词的双料王牌,本书的编撰者陶文鹏教授运用了何种神机妙策,让读者得以便捷地领略到苏轼其人其作的精髓所在呢?答曰:科学分类,妙笔点睛。不仅如此,本集在题材类编同时,还按照五绝、七绝、五律、七律、词、古风等不同体裁加以排列。编撰者将辛劳留给自己,将方便奉献给读者。

高利华教授所编撰的《陆游集》,则是对陆游"六十年间万首诗"的精心提取。正是这种概括和提取,为我们走近陆游打开了方便之门。编者将名目繁多的《剑南诗稿》(包括一百三十多首《放翁词》)中优中选优的上上佳作分为九大类。我们从前几个类别中充分领略了陆游的从军之乐和爱国情怀,而编者所着力推举的沈园诗则是陆游对宋诗中绝少的爱情篇章的另一种独特贡献。尤其值得一提的是,《陆游集》的更大亮点在于"家祭无忘告乃翁"这一类诗所体现的好家风。山阴陆氏的好家风,既包括始自唐代陆龟蒙诗书相传的"笠泽家风",更有殷切期望后人继承和发扬为国分忧、有所担当的牺牲精神。

邓红梅教授所编的《辛弃疾集》,将辛弃疾六百余首词中的佳作按题材分为主战爱国词和政治感慨词等十一类,从而把人称"词中之龙"的辛弃疾,由人及词全面深刻地做了一番透视与解剖。这样,即使原先是"稼轩词"的陌路人,读了邓红梅的这一编著,沿着她所开辟的这十多条路径往前走,肯定会离辛弃疾越来越近,并从中获得自己所渴望的高品位的精神享受。

唐宋卷由《宋代合集》压轴,不失为一种造化,因为本集的编撰者王国钦先生一贯擅出新招儿、绝招儿。他别出心裁地将本集的八个分类栏目之标题依次排列起来，巧妙地构成一首集句七言诗：

彩袖殷勤捧玉钟，为谁醉倒为谁醒？
好山好水看不足，留取丹心照汗青。
流水落花春去也，断续寒砧断续风。
目尽青天怀今古，绿杨烟外晓寒轻。

读了这首诗想必读者不难看出，这八句诗分别出自宋代或由唐入宋的诗词名家之手。这些佳句呈散沙状态时，犹如被深埋的夜明珠难以发光。国钦先生以其披沙拣金之辛劳和出人意料的奇思妙想，将其连缀成为一首好诗。它不仅概括了本集的主要内容，也无形中大大增添了读者的兴趣。

接连手术后未及痊愈，丁酉暮春
勉力写于北京学院路寓所
2017 年 12 月

目　录

感时忧国·安得壮士挽天河

前出塞（其三、其六）／3

春望／4

登楼／5

白帝／7

秋兴八首／8

阁夜／13

宿江边阁／15

昼梦／16

书怀遣兴·永夜角声悲自语

夜宴左氏庄／19

曲江三章章五句（其三）／20

独酌成诗／21

曲江对酒／22

乾元中寓居同谷县作歌七首（其一）／23

狂夫／24

江村 / 25

江上值水如海势聊短述 / 26

茅屋为秋风所破歌 / 27

野望 / 28

闻官军收河南河北 / 30

宿府 / 31

旅夜书怀 / 32

暮春题瀼西新赁草屋五首(其三、其四)/ 33

登高 / 35

清明二首(其二)/ 36

江汉 / 37

酬唱交游·蓬门今始为君开

赠李白(秋来相顾尚飘蓬)/ 41

春日忆李白 / 42

饮中八仙歌 / 43

赠卫八处士 / 45

天末怀李白 / 46

南邻 / 47

宾至 / 48

客至 / 49

所思 / 50

不见 / 51

奉寄高常侍 / 52

园人送瓜 / 54

又呈吴郎 / 56

晚晴吴郎见过北舍 / 57

短歌行赠王郎司直 / 58

衡州送李大夫七丈勉赴广州 / 59

江阁卧病走笔寄呈崔卢两侍御 / 60

咏怀古迹·丞相祠堂何处寻

蜀相 / 65

滕王亭子二首（其一）/ 66

忆昔二首（其二）/ 67

八阵图 / 69

咏怀古迹五首 / 70

艺界题赠·丹青不知老将至

戏为六绝句 / 77

解闷十二首（其五、其六、其七）/ 79

画鹰 / 81

戏题王宰画山水图歌 / 82

丹青引赠曹将军霸 / 84

存殁口号二首（其二）/ 87

观公孙大娘弟子舞剑器行并序 / 88

赠花卿 / 91

吹笛 / 92

江南逢李龟年 / 93

咏物感兴 · 西蜀樱桃也自红

房兵曹胡马 / 97

绝句漫兴九首(其三) / 98

得房公池鹅 / 99

舟前小鹅儿 / 100

绝句漫兴九首(其九) / 101

野人送朱樱 / 102

题桃树 / 103

严郑公宅同咏竹 / 104

月 / 105

八月十五夜月二首 / 106

江山胜迹 · 西岳峻嶒何壮哉

望岳(岱宗) / 111

登兖州城楼 / 112

陪李北海宴历下亭 / 114

同诸公登慈恩寺塔 / 115

陪诸贵公子丈八沟携妓纳凉晚际遇雨二首 / 117

春宿左省 / 118

曲江二首 / 119

望岳（西岳）／121

九日蓝田崔氏庄／122

秦州杂诗（其七、其十三）／124

宿赞公房／125

剑门／127

卜居／129

南楚／130

白帝城最高楼／131

登岳阳楼／132

宿白沙驿／133

发潭州／134

宗族亲情·忆弟看云白日眠

月夜／139

一百五日夜对月／140

月夜忆舍弟／141

恨别／142

宗武生日／143

吾宗／144

元日示宗武／145

漫咏杂兴·老去诗篇浑漫与

为农／149

田舍 / 150

绝句漫兴九首（其一、其二、其四、其五、其六、其七、其八）/ 151

春夜喜雨 / 153

水槛遣心二首 / 154

江畔独步寻花七绝句 / 155

三绝句（其一、其三）/ 157

绝句二首 / 159

绝句四首（其一、其三）/ 160

长吟 / 161

绝句三首 / 162

即事 / 163

月三首 / 164

夜归 / 166

风雨看舟前落花戏为新句 / 167

感时忧国

安得壮士挽天河

前出塞

（其三、其六）①

磨刀鸣咽水②，水赤刃伤手。

欲轻肠断声，心绪乱已久。

丈夫誓许国，愤惋复何有？

功名图麒麟③，战骨当速朽。

挽弓当挽强④，用箭当用长。

射人先射马，擒贼先擒王。

杀人亦有限，立国自有疆⑤。

苟能制侵陵⑥，岂在多杀伤？

[注释]

①《出塞》《入塞》为汉乐府旧题。诗人先写《出塞》九首，后
又写了五首，故以"前""后"分之。《前出塞》组诗写天宝末
年哥舒翰征吐蕃事，主旨与《兵车行》相同，亦在反对穷兵黩
武。第一首"君已富土境，开边一何多"即已开宗明义。组
诗全以征夫之口出之，从第一首出征直写到第九首论功，层
层递进，结构完整，直可作一首来读。此选其中两首。

②鸣咽水：指陇水。

③"功名"句：指名垂史册。西汉宣帝曾图画霍光、苏武等十八名功臣像于麒麟阁上，以示旌扬。

④挽强：挽强弓、硬弓。

⑤疆：疆界，国土范围。

⑥侵陵：侵凌，侵犯。

[点评]

两诗结构相同，俱在四句处划断。前四句"似谣似谚，最是乐府妙境"；后四句征人自述心思，亦颇达款曲。然杜公以仁者之心言兵，必如宋襄公，所向无不败者。唯"射人"一联，能得战胜之要，故至今仍活在人们口中，且将含义推而广之。

春　望①

国破山河在，城春草木深②。

感时花溅泪，恨别鸟惊心③。

烽火连三月，家书抵万金。

白头搔更短，浑欲不胜簪④。

[注释]

①此诗作于至德二年(757)三月，时杜甫羁居长安。

②"国破"二句:咏安禄山攻陷长安事。草木深,暗喻人烟稀少,市井荒凉。因叛军入长安后曾大肆焚杀。

③"感时"二句:道出忧国思家之情。"花溅泪""鸟惊心"皆使动用法,谓花使泪溅,鸟令心惊。

④不胜(shēng 声)簪:古时发式是将头发绾起,以簪固定。此言头发稀疏,简直经不住簪子的重量。

[点评]

　　此为杜诗名篇,亦是熟篇。春景春物,在常人眼中,皆可喜可爱者。然在忧思憔悴之人眼中,却反增其愁绪,即所谓"景随情化"。以乐景写哀,倍增其哀情。

登　楼①

花近高楼伤客心:万方多难此登临②!

锦江春色来天地③,玉垒浮云变古今④。

北极朝廷终不改⑤,西山寇盗莫相侵⑥!

可怜后主还祠庙⑦,日暮聊为梁甫吟⑧。

[注释]

①此诗作于广德二年(764)春。此年正月,杜甫携家由梓州赴阆川,准备出峡。二月,闻严武再任成都尹兼剑南节度使,于

是决定重返成都。此诗即初回成都时作。

②万方多难：言时局不稳。广德元年十月，吐蕃入长安，立广武王为帝，改元，置百官，留十五日而退。代宗逃至陕州，十二月始还朝复位。

③锦江：在成都南。自郫县西分岷江东流至成都城南合郫江，折西南入彭山县界。以濯锦色鲜而得名。

④玉垒：玉垒山。在今四川理县东南新保关。奇石千尺，屹立城表，地处蜀中通吐蕃要道。

⑤北极朝廷：指唐王朝。北极，北极星，喻皇室。终不改：指代宗还朝复位，吐蕃所立广武王承宏逃匿草野，社稷光复。

⑥西山：指岷山山脉。西山寇盗，指吐蕃。

⑦后主：指蜀汉后主刘禅，亡国之君。此或有讽代宗一度失国意。祠庙：后主祠在成都锦官门外先主祠之东，西为诸葛武侯祠。句中"祠庙"名词作动词，意谓后主亡国之君不该享受祭祀。

⑧梁甫吟：汉乐府歌曲名，属挽歌一类。诸葛亮早年躬耕隆中时常好吟之。

[点评]

　　此是杜集中名篇。气象雄浑而纡徐有力。"锦江"一联承"花近高楼"而来，"北极"一联承"万方多难"而来，末借望中之二主庙、武侯祠，叹国事之悲哀与自身之寂寞，结构谨严而言外有意。"万方多难"之际，诗人只能如躬耕陇亩的诸葛武侯那样，在歌吟中抒发壮志与悲情，岂不哀哉！

白　帝^①

白帝城中云出门,白帝城下雨翻盆。

高江急峡雷霆斗^②,古木苍藤日月昏。

戎马不如归马逸,千家今有百家存。

哀哀寡妇诛求尽,恸哭秋原何处村?

[注释]

①此诗作于大历元年(766)秋。时杜甫因严武病故,无法在
成都草堂继续维持生计而准备离蜀。只因"关塞阻"而"转
作潇湘游",故顺江而下,流落到夔州(今重庆奉节)。白帝,
即白帝城。近夔州府治,在今重庆市奉节县东白帝山上,为
东汉末公孙述所筑。
②高江急峡:白帝城为长江三峡之起端,山形险峻,水流湍
急。雷霆斗:水浪相搏,声若雷霆。

[点评]

安史刚平,吐蕃又起。举目四望,竟无以家为。"恸哭
秋原何处村",正诗人茫然四顾之态。首四句一气滚出,于
律体中逞歌行气势,于景语中寓时代战乱,确是老杜特色。

秋兴八首①

玉露凋伤枫树林,巫山巫峡气萧森②。

江间波浪兼天涌,塞上风云接地阴。

丛菊两开他日泪,孤舟一系故园心。

寒衣处处催刀尺,白帝城高急暮砧③。

夔府孤城落日斜④,每依北斗望京华⑤。

听猿实下三声泪⑥,奉使虚随八月槎⑦。

画省香炉违伏枕⑧,山楼粉堞隐悲笳⑨。

请看石上藤萝月,已映洲前芦荻花。

千家山郭静朝晖,日日江楼坐翠微⑩。

信宿渔人还泛泛⑪,清秋燕子故飞飞。

匡衡抗疏功名薄⑫,刘向传经心事违⑬。

同学少年多不贱,五陵衣马自轻肥⑭。

闻道长安似弈棋⑮,百年世事不胜悲。

王侯第宅皆新主,文武衣冠异昔时。

直北关山金鼓振^⑯,征西车马羽书驰^⑰。

鱼龙寂寞秋江冷,故国平居有所思^⑱。

蓬莱宫阙对南山^⑲,承露金茎霄汉间^⑳。

西望瑶池降王母^㉑,东来紫气满函关^㉒。

云移雉尾开宫扇^㉓,日绕龙鳞识圣颜^㉔。

一卧沧江惊岁晚^㉕,几回青琐点朝班^㉖。

瞿塘峡口曲江头^㉗,万里风烟接素秋^㉘。

花萼夹城通御气^㉙,芙蓉小苑入边愁^㉚。

珠帘绣柱围黄鹄^㉛,锦缆牙樯起白鸥^㉜。

回首可怜歌舞地,秦中自古帝王州^㉝。

昆明池水汉时功^㉞,武帝旌旗在眼中^㉟。

织女机丝虚夜月^㊱,石鲸鳞甲动秋风^㊲。

波漂菰米沉云黑^㊳,露冷莲房坠粉红^㊴。

关塞极天惟鸟道^㊵,江湖满地一渔翁^㊶。

昆吾御宿自逶迤^㊷,紫阁峰阴入渼陂^㊸。

香稻啄馀鹦鹉粒，碧梧栖老凤凰枝。

佳人拾翠春相问^㊹，仙侣同舟晚更移^㊺。

彩笔昔曾干气象^㊻，白头吟望苦低垂^㊼。

[注释]

①诗为大历元年(766)秋在夔州作。秋兴，因秋而感兴。

②巫山巫峡：居长江三峡之中位，西接瞿塘峡，东接西陵峡。夔州为长江三峡西端起点，这里杜甫以巫山巫峡代指三峡山水。萧森：萧瑟阴森。

③白帝城：详《白帝》注①。暮砧：日暮捣衣的砧声。

④夔府：夔州府，治所在今重庆奉节。

⑤北斗：北斗星，代指唐朝廷。京华：京城，指长安。

⑥"听猿"句：由郦道元《水经注》所引渔歌"巴东三峡巫峡长，猿鸣三声泪沾裳"化出。三峡旧时多猿，啼声凄厉。

⑦"奉使"句：用张骞故事。据《荆楚岁时记》称，张骞奉命出使西域，为寻河源，乘槎经月，直至天河。

⑧画省：指尚书省。伏枕：卧病。违伏枕，言因卧病而不能回尚书省。此是杜甫能为尊者讳处，他未能还朝是因为肃宗的贬斥和代宗的疏远，与病无干。

⑨山楼：指白帝城楼。粉堞：城上白色雉堞。悲笳：军中乐声，暗示战乱。

⑩翠微：青绿的山色。

⑪信宿：连宿两夜。此指渔人夜夜捕鱼。

⑫匡衡抗疏：汉元帝时，匡衡数次上疏议论时事，官拜光禄大夫、太子少傅。《汉书》有传。此以匡衡自比，言因上疏遭

贬。

⑬刘向传经:汉宣帝时,刘向受命传授《穀梁传》,在石渠阁
讲"五经"。心事违:言自己欲效刘向传经而不能。

⑭五陵:指长安北郊五座汉代帝王陵墓,即长陵、安陵、阳陵、
茂陵、平陵。汉唐时为豪门贵族所居之地。轻肥:即轻裘肥
马。

⑮长安似弈棋:指朝廷政局的争夺得失如同弈棋。

⑯"直北"句:言战事。时西北之吐蕃、回纥屡屡寇边侵扰,
对长安帝都形成很大威胁。直北,正北,指长安。金鼓,金钲
战鼓。

⑰羽书:羽檄,紧急文书。插羽以示快递、速达。

⑱"鱼龙"二句:述厌羁旅、思故国之意。鱼龙寂寞,旧说龙
秋分而降,蛰寝于渊。此以"鱼龙寂寞"状秋景,亦兼谓自己
之避地隐居。故国,故乡,指长安家园。平居,平时居处。

⑲蓬莱宫阙:蓬莱宫,即大明宫。南山:终南山。主峰在长安
之南。

⑳承露金茎:指汉建章宫之金茎承露盘。

㉑瑶池降王母:神话传说,西王母居昆仑山之瑶池。

㉒函关:即函谷关。

㉓雉尾开宫扇:雉鸡尾羽所制宫扇,为宫中仪仗。

㉔龙鳞:指帝王所穿龙袍,绣有龙纹。圣颜:皇帝的容颜。

㉕沧江:指长江。岁晚,岁暮,亦指自己年近老境。

㉖青琐:青琐闼,指宫门。以门上饰有青色连环图案,故称。
点朝班:上朝点名,依次入班。句谓自己暌违朝廷生涯已经
很久了。

㉗瞿塘峡:即夔峡,长江三峡之第一峡。曲江:在长安城东

南。

㉘素秋:即秋天。秋属西,白帝主之,故以"素"称之。

㉙花萼:即花萼相辉楼。在长安南内兴庆宫。夹城:两旁筑有高墙的通道。亦称夹道。唐时宫中南内有夹道通东内大明宫及曲江芙蓉园。

㉚芙蓉小苑:即芙蓉园。边愁:指边将安禄山叛乱攻陷长安。

㉛黄鹄:天鹅。

㉜锦缆牙樯:指华丽的游船。起白鸥:言游船惊起鸥鸟。

㉝秦中:关中。自周秦至汉唐,皆以秦中为京畿之地。

㉞昆明池:在长安西南,方圆四十里。汉武帝元狩三年所凿,以操练水军。

㉟武帝:指汉武帝刘彻。旌旗:指汉武帝水军战船上的旗帜。

㊱织女机丝:指昆明池畔织女、牛郎二石雕。

㊲石鲸:石刻鲸鱼。

㊳菰(gū 姑):即茭白,水生植物,可作蔬食。果实称菰米,亦可食。

㊴莲房:莲蓬。

㊵鸟道:喻高峻险要的山路,言唯飞鸟可过。此指夔州道路。

㊶江湖满地:谓随处漂泊。渔翁:杜甫自指。

㊷昆吾御宿:据《长安志》载,昆吾亭在蓝田县境,御宿川在万年县西南四十里。由长安往游渼陂,必经此二地。

㊸紫阁峰:终南山北峰。渼陂:据《长安志》载,陂在鄠县(今陕西户县)西五里,出终南山诸谷,合胡公泉为陂。以水味美,故配水以为名,元以后干涸。终南山倒影,可映入渼陂水中。

㊹拾翠:曹植《洛神赋》"或采明珠,或拾翠羽"。

㊺仙侣同舟:此追忆与岑参兄弟同舟游渼陂事。

㊻彩笔:五色笔,喻文才。梁江淹梦郭璞向他索五色笔,之后诗无美句,人谓才尽。干气象:指诗人早年献三大礼赋,得到玄宗赏识。

㊼低垂:忧伤貌。

[点评]

此"秋兴"者,因秋而遣兴也。触夔州秋景,兴故国之思,身居巫峡,心望帝京。八首为组律,首尾相衔,一气贯注,富丽雄浑,沉着痛快。追忆京华盛日,则色彩缤纷;感叹西南漂泊,则情调低沉。总而观之,其气象如云蒸霞蔚,其思绪如天风海涛。各章由眼前景而思往日事:一忆长安故园,二怀京华奉使,三念匡衡抗疏,四忧京都战乱,五思朝圣恩荣,六叹胡尘犯阙,七记汉唐之盛,八想文才气象。每章皆怀昔伤今,感情起伏跌宕,波澜壮阔,故成为千古传诵的名篇。

阁 夜①

岁暮阴阳催短景②,天涯霜雪霁寒宵③。

五更鼓角声悲壮,三峡星河影动摇④。

野哭千家闻战伐⑤,夷歌几处起渔樵⑥。

卧龙跃马终黄土⑦,人事音书漫寂寥⑧。

[注释]

①此大历元年(766)冬在夔州作。阁夜,西阁之夜。

②阴阳:日月。景:日光。冬季昼短,故曰"短景"。

③霁:指霜雪停止。

④"五更"二句:写阁夜不眠之所闻所见。

⑤"野哭"句:写蜀中兵乱。此前一年,即765年,兵马使崔旰攻袭成都尹郭英义,邛州牙将柏茂琳、泸州牙将杨子琳、剑南牙将李昌夔起兵讨旰,兵乱连年未息。

⑥夷歌:西夷之歌。夔州有少数民族居住,故称其歌为"夷歌"。起渔樵:指夷歌起于渔猎、樵采的日常劳动。此句是庆幸蜀中兵乱未曾殃及夔州。

⑦卧龙:指诸葛亮。跃马:指公孙述,曾于西汉末年在蜀地称帝。晋左思《蜀都赋》有"公孙跃马而称帝"之说。句谓千古贤愚,同归于尽。种种往事,俱成烟尘。夔州有诸葛、公孙祠庙,故以为咏。

⑧"人事"句:承上句而出。往事如烟,今日之人事际遇和亲友音书也就随其寂寥无闻吧。

[点评]

　　此阁夜伤乱之作也。上四,阁夜景象;下四,阁夜情事。"五更"一联,雄浑壮阔,最为后世所推崇。"影动摇"者,正与兵乱关合。用事之不着痕迹,令人叹为观止。

宿江边阁①

暝色延山径,高斋次水门。

薄云岩际宿,孤月浪中翻。

鹳鹤追飞静,豺狼得食喧。

不眠忧战伐,无力正乾坤!

[注释]

①此是大历元年(766)在夔州作。江边阁,杜甫所居之西阁,在白帝城之西。

[点评]

　　开篇关合一"宿"字,结尾收以"不眠"。"薄云""孤月",不眠之所见;"鹳鹤""豺狼",不眠之所闻。所以"不眠"者,为"无力正乾坤"也。诗人之情愫,由此见之。全篇悉用对句,古朴而苍凉。

昼　梦①

二月饶睡昏昏然②,不独夜短昼分眠。

桃花气暖眼自醉,春渚日落梦相牵。

故乡门巷荆棘底,中原君臣豺虎边③。

安得务农息战斗,普天无吏横索钱!

[注释]

①此是大历二年(767)二月在夔州作。

②饶睡:多瞌睡。

③"故乡"二句:述梦中相牵之事。安史乱后,洛阳数百里内
化为丘墟,故曰"荆棘底";吐蕃入侵,藩镇跋扈,故曰"豺虎
边"。

[点评]

　　"昼梦"者,白日梦也。诗人将希望天下太平、百姓安居
的心愿冠以"昼梦"之题,全篇顿生讽意。二月为农耕之月,
"安得务农息战斗,普天无吏横索钱",正见老杜悲悯之心
也。

书怀遣兴

永夜角声悲自语

夜宴左氏庄①

风林纤月落②,衣露静琴张③。

暗水流花径,春星带草堂④。

检书烧烛短⑤,看剑引杯长⑥。

诗罢闻吴咏,扁舟意不忘⑦。

[注释]

①此诗大约是杜甫三十岁居河南时所作。此时诗人结束了吴越、东鲁之游,在洛阳东首阳山下建起陆浑庄。左氏庄当与陆浑庄邻近。

②纤月:细而弯的新月。

③衣露:露湿衣裳。静琴张:言夜深人静,弹奏雅琴。

④"暗水"二句:上句写听觉,下句写视觉。一"带"字反映出星星初现的景象。

⑤检书:翻阅书籍。烧烛短:意在写"检书"时间之长。

⑥"看剑"句:言把酒看剑。李白、杜甫等唐代诗人都写到剑,看来唐代文人也是佩剑的。

⑦吴咏:吴歌。吴地的歌曲。两句谓闻吴歌而忆起东游吴越的情景。

[点评]

诗写夜宴情景。虽尚未形成自己的艺术风格,但描绘细腻而不见痕迹,是风韵佳妙的成功之作。中间两联是历来称道的佳句。饮杯看剑之举在诗中已成为一种意象,象征着昂扬向上的精神和政治抱负。

曲江三章章五句

（其三）①

自断此生休问天②,杜曲幸有桑麻田③,故将移住南山边④。短衣匹马随李广,看射猛虎终残年⑤。

[注释]

①此诗约作于天宝十一年(752)献赋不遇后。曲江:故址在西安市东南,以池水曲折,故名。章五句:连章之每篇均由五句组成,系杜甫创体。

②自断此生:杜甫已自感前途无望。

③杜曲:地名,在曲江池西南杜陵原之西,为杜甫祖籍。

④南山:终南山。

⑤“短衣”二句:以失意之李广自慰。李广,西汉名将。曾因与匈奴作战失利被废为庶人,退居蓝田,他常于南山中射虎。一次见草中石,以为虎而射之,中石而没箭羽。事见

《史记·李将军列传》。

[点评]

《曲江三章》气脉相属,犹以第三章最是情辞激切,感慨之情,豪纵之气,不能自掩。然也是杜甫善于骑射,故而有此联想。

独酌成诗①

灯花何太喜,酒绿正相亲②。
醉里从为客,诗成觉有神③。
兵戈犹在眼,儒术岂谋身④。
苦被微官缚⑤,低头愧野人。

[注释]

①此诗作于由凤翔返鄜州探家途中。
②"灯花"二句:言得酒而有吉兆。灯花,灯芯结花。
③觉有神:觉有神助。杜甫在《奉赠韦左丞丈二十二韵》中亦曰:"读书破万卷,下笔如有神。"
④"儒术"句:愤激语。
⑤微官:时任左拾遗。

[点评]

叹儒术难以谋身,苦身被微官束缚,然犹不肯改弦易辙,故唯有低头自愧。杜甫缱绻于仕途之情，由此可见。

曲江对酒①

苑外江头坐不归②，水精宫殿转霏微③。

桃花细逐杨花落，黄鸟时兼白鸟飞。

纵饮久判人共弃④，懒朝真与世相违。

吏情更觉沧洲远⑤，老大徒伤未拂衣⑥。

[注释]

①此诗作于乾元元年（758）春。去年九月收复长安，十月收复洛阳，肃宗大驾返长安。杜甫十一月携家由鄜州返京，继续任左拾遗，然早已不受信任。诗即写"吏情"之落寞。
②苑外：芙蓉苑外。苑在曲江。
③水精宫殿：借言宫殿近水。霏微：春光掩映之貌。
④久判（pān攀）：早已不再顾忌。判，俗作"拚"，豁出去之意。
⑤沧洲：指隐居之所。
⑥拂衣：指辞官。

[点评]

江头纵饮，懒于朝参，足见心中抑郁，仕途多艰。诗中

"桃花"一联,最得佳评。据《漫叟诗话》载,老杜墨迹初作"桃花欲共杨花语","自以淡墨改三字"。诗写桃花坠落之缓慢、飘忽,故以杨花为衬。然杨花可漫天飞舞,桃花则无飞起之势,"共杨花语",便嫌雕琢而失真,"细逐"而"落",取杨花之轻飘而去之势,最得状物之细腻。

乾元中寓居同谷县作歌七首

(其一)①

有客有客字子美②,白头乱发垂过耳。

岁拾橡栗随狙公③,天寒日暮山谷里。

中原无书归不得,手脚冻皴皮肉死。

呜呼一歌兮歌已哀,悲风为我从天来④。

[注释]

①此诗作于乾元二年十月至十二月间,时杜甫由秦州徙居同谷。同谷,县名,治所在今甘肃成县。七首俱写苦况。
②子美:杜甫字。
③橡栗:橡树的果实,似栗而小。狙(jū 居)公:畜狙之人。狙,猿猴类兽名。
④一歌:指七首中序列第一。毛泽东 1930 年 7 月作、1962 年发表的《蝶恋花·从汀州向长沙》结句曰:"国际悲歌歌一

曲,狂飙为我从天落。"当由杜甫此二句生发。

[点评]

乾元二年,是杜甫生活中的最低谷。此年他先由洛阳回华州任所,七月以关辅饥馑弃官度陇客秦州,十月由秦州往同谷,十二月由同谷入蜀至成都,所谓"一岁四行役"。以衣食无着而四处漂流,令人不得不为之洒一掬同情之泪。

狂　夫①

万里桥西一草堂②,百花潭水即沧浪③。

风含翠筱娟娟净④,雨浥红蕖冉冉香⑤。

厚禄故人书断绝,恒饥稚子色凄凉。

欲填沟壑惟疏放,自笑狂夫老更狂。

[注释]

①此诗约作于上元元年(760)夏,时杜甫至成都,在浣花溪畔建起了草堂。狂夫,杜甫自指。

②万里桥:在成都南门外,为诸葛亮送费祎处。草堂:杜甫所建茅屋,以地近草堂寺,故以"草堂"名之。

③百花潭:即浣花溪,在成都西南。沧浪:水名,指汉水下游及其与江水连通的支脉,位于楚云梦泽地区。

④翠筱（xiǎo 小）：绿竹。

⑤浥（yì 义）：濡湿。红蕖：红色的荷花。

[点评]

能将上四之自适与下四之疏放并作一诗者，方见其"狂"也。唯有狂夫，才能在"厚禄故人书断绝，恒饥稚子色凄凉"的艰难世道中，见出"风含翠筱娟娟净，雨浥红蕖冉冉香"的明丽风景，此狂夫之癫狂处，亦狂夫之高迈旷远处。

江　村①

清江一曲抱村流②，长夏江村事事幽。

自去自来堂上燕，相亲相近水中鸥。

老妻画纸为棋局，稚子敲针作钓钩。

但有故人供禄米③，微躯此外更何求？

[注释]

①此诗作于上元元年（760）夏。诗写草堂落成后一种怡然自足的生活情态。

②清江：指浣花溪，杜甫草堂近之。以溪近锦江，故有此称。

③故人：指高适。高适时任彭州（今四川彭州市）刺史，与杜甫时有往来。

[点评]

　　道眼前景，叙口边事，清纯自然，开宋诗生面。清黄生曰：杜律不难于老健，而难于轻松，此诗见潇洒流逸之致。

江上值水如海势聊短述①

为人性僻耽佳句，语不惊人死不休。

老去诗篇浑漫与②，春来花鸟莫深愁③。

新添水槛供垂钓④，故著浮槎替入舟⑤。

焉得思如陶谢手，令渠述作与同游⑥！

[注释]

①此诗当作于上元二年(761)。江：锦江，见《登楼》注③。

②漫与：有本作"漫兴"，即随意弄笔之意。

③花鸟莫深愁：言花鸟亦应愁怕。

④水槛：浅水处木栏。杜甫另有《水槛遣心》诗作。

⑤浮槎：木筏。

⑥陶谢：陶渊明、谢灵运。晋宋时期著名诗人，分别为田园诗派、山水诗派鼻祖，工于自然景物描写。渠：他们。两句言只有找到陶、谢那般高手，方能对"江上值水如海势"情况进行传神写貌，自己只能追步其后。

老杜自谓"笔落惊风雨,诗成泣鬼神",然见"江上值水如海势"奇景,亦有不能长吟之叹。此恰如李白对黄鹤楼而曰"眼前有景道不得,崔颢题诗在上头"。偶有诗思笔力不到处,并不妨其为大家。

茅屋为秋风所破歌①

八月秋高风怒号,卷我屋上三重茅。茅飞渡江洒江郊:高者挂罥长林梢②,下者飘转沉塘坳③。南村群童欺我老无力,忍能对面为盗贼。公然抱茅入竹去,唇焦口燥呼不得!归来倚杖自叹息。俄顷风定云墨色,秋天漠漠向昏黑。布衾多年冷似铁,娇儿恶卧踏里裂④。床头屋漏无干处,雨脚如麻未断绝⑤。自经丧乱少睡眠⑥,长夜沾湿何由彻⑦?安得广厦千万间,大庇天下寒士俱欢颜,风雨不动安如山!呜呼!何时眼前突兀见此屋?吾庐独破受冻死亦足!

[注释]

①此诗约作于上元二年(761)秋,时在成都浣花草堂。

②挂罥(juàn 绢):挂结。

③塘坳:水塘及低洼地。

④"娇儿"句:写娇儿睡觉不老实,把被里都蹬破了。

⑤雨脚:指可见到的雨丝的末端。脚,残剩的滓末,引申为末端,如日脚、雨脚等。

⑥丧乱:指安史之乱。

⑦何由彻:如何挨到天亮。彻,彻晓。

[点评]

　　"长夜霑湿"中,生出"安得广厦千万间"之良愿,宁自苦以利人,犹见老杜之仁者心也。诗中的仁爱精神,早已在笔法之诙谐老健外,成为本篇打动人心的最核心之点。

野　望①

西山白雪三城戍②,南浦清江万里桥③。

海内风尘诸弟隔,天涯涕泪一身遥。

惟将迟暮供多病,未有涓埃答圣朝④。

跨马出郊时极目,不堪人事日萧条。

①此诗或作于宝应元年(762),此是杜甫入蜀的第三个年头。

②西山:在成都西,一名雪岭,终年积雪。三城戍:指成都西松、维、保三城之戍,以防吐蕃侵扰。

③万里桥:在今四川华阳县南。古时自蜀入吴必经之处。三国费祎使吴,诸葛亮送之,祎曰:"万里之路,始于此桥。"因取万里为名。

④涓埃:细流与微尘。用以喻微小的贡献。

[点评]

写跨马出郊野望,远见西山,近临南浦,触目伤怀,沉郁凄恻。见南浦而伤别,忆弟思家;望西山而感时,叹世忧国。此皆"不堪"之"人事"也。一番心事全由首二句领起,"跨马出郊"则首二句之由来。全篇结构紧密,可咏可歌。

闻官军收河南河北①

剑外忽传收蓟北②,初闻涕泪满衣裳。

却看妻子愁何在? 漫卷诗书喜欲狂③!

白日放歌须纵酒④,青春作伴好还乡⑤。

即从巴峡穿巫峡⑥,便下襄阳向洛阳⑦。

[注释]

①此诗作于代宗广德元年(763),时杜甫流寓梓州(今四川三台)。河南河北:指洛阳与河阳。官军收复两河,安史叛军败走蓟北老巢。叛将史思明之子史朝义在广阳自缢,叛将纷纷献州以降,安史之乱结束在即,杜甫喜而作是诗。

②剑外:剑门关之外,指蜀地。蓟北:指今河北省北部。

③漫卷:胡乱、随便地卷起。句中指收拾起文稿书本,作归乡之计。

④放歌:纵情高歌。

⑤青春:春天。

⑥巴峡:嘉陵江峡谷。嘉陵江又称巴江。巫峡:长江三峡之中峡。此句拟想出川走水路之路线。

⑦襄阳:今湖北襄樊。洛阳:今属河南。作者原注:"余田园在东都。"东都即洛阳。此句拟想由襄阳改陆路前往洛阳。

官军平定叛乱,闻之喜出望外,雀跃无似,即欲自剑南急返东都。快人快意快语,脱口而出,自然成章,故人称为杜公"生平第一首快诗也"。

宿 府①

清秋幕府井梧寒②,独宿江城蜡炬残。

永夜角声悲自语③,中天月色好谁看?

风尘荏苒音书绝④,关塞萧条行路难⑤。

已忍伶俜十年事⑥,强移栖息一枝安。

[注释]

①此诗作于广德二年(764)秋,时杜甫重返成都,入严武幕府为节度参谋。宿府,在幕府中值夜。

②井梧:即梧桐。以"梧桐叶上有黄圈文如井",故曰"金井梧桐"。井,与"井栏"无涉。

③永夜:长夜。

④荏苒:指时间推移。

⑤"关塞"句:用《胡笳十八拍》"十七拍兮心鼻酸,关山阻修兮行路难"句意。

⑥伶俜:漂泊之意。十年:自安史乱起迄今恰是十年。

[点评]

　　角声悲,唯自悲自泣;月色好,唯自照自明。世界已落寞到无人应和的地步,诗人亦落寞到无心与世界应和的地步,正可见老杜与官场无缘,即使在老友严武幕中,亦有无限凄怆,这便是他于第二年(765)正月即辞幕归草堂的原因。句中之"角"为军幕号角,然角亦是二十八星宿之一。将号角之"角"借作"角宿"之"角",而与"月"相对,别有一番趣味。

旅夜书怀①

　　细草微风岸,危樯独夜舟②。

　　星垂平野阔,月涌大江流。

　　名岂文章著? 官应老病休③!

　　飘飘何所似? 天地一沙鸥④!

[注释]

①此诗作于永泰元年(765)五六月间。此年四月,严武去世。杜甫在成都顿失依靠,决定离蜀东下。此诗约作于舟经渝州(今重庆)、忠州(今忠县)途中。

②危:高貌。樯:桅杆。

③"名岂"二句:反话,乃愤激语。

④沙鸥:鸥鸟。杜甫漂泊于水路,故自比鸥鸟。

[点评]

　　前半写江边夜景,由近而远,由细而大。"星垂"一联壮阔而凄冷。"垂"字、"涌"字,极富动感,为画面增添雄奇悲壮气氛。后半叙情,气骨傲岸而情感悲伤。

暮春题瀼西新赁草屋五首①

（其三、其四）

彩云阴复白,锦树晓来青②。

身世双蓬鬓,乾坤一草亭。

哀歌时自惜,醉舞为谁醒。

细雨荷锄立,江猿吟翠屏③。

壮年学书剑④,他日委泥沙⑤。

事主非无禄⑥,浮生即有涯。

高斋依药饵⑦,绝域改春华⑧。

丧乱丹心破,王臣未一家⑨。

[注释]

①此是大历二年(767)三月在夔州作,时作者刚由赤甲山迁居瀼西。

②锦树:形容树花似锦。

③翠屏:指山。春山青翠如画屏。

④学书剑,用项羽事。项羽少时,学书不成,去;学剑,又不成。曰:书足以记名姓而已。剑一人敌,不足学,学万人敌。此以书剑喻文治武功。

⑤委泥沙:言所学无以为用。

⑥事主:自言曾为近臣。

⑦高斋:指草屋。

⑧绝域:指瀼西。

⑨"王臣"句:言藩镇多叛志。

[点评]

五诗曲写身世之悲,三、四二首尤为警拔。"身世双蓬鬓,乾坤一草亭"造语凝练,开阖抑扬之间极具功力:一生事业,只落得一双蓬鬓;天地之间,唯此茅屋属于我。"身世"与"蓬鬓"间、"乾坤"与"草亭"间是一个大的滑落,同时也是最为凝练的概括。由此正可见杜甫心中的悲凉与无奈,同时也引出了下面一首学而无以为用的慨叹。"丧乱丹心破"直是道情之语,是诗人执着一生后理想的彻底破灭。他自知,只能在"绝域"间惨淡而度余生了。

登　高^①

风急天高猿啸哀,渚清沙白鸟飞回。

无边落木萧萧下,不尽长江滚滚来。

万里悲秋常作客,百年多病独登台。

艰难苦恨繁霜鬓^②,潦倒新停浊酒杯。

［注释］

①此诗约作于大历二年(767)秋,时杜甫仍滞留夔州。
②繁霜鬓:增白发。

［点评］

　　此诗以壮语述悲情,八句四联,皆成对仗。首尾"若未尝有对者","风急天高"与"渚清沙白"实句中自对;"繁霜鬓"在句中是动宾结构,与下句"浊酒杯"成对仗时又可视为偏正结构,即"繁霜"之"鬓"与"浊酒"之"杯"。前人推此篇为"古今七言律第一"。

清明二首①

（其二）

此身飘泊苦西东，右臂偏枯半耳聋②。

寂寂系舟双下泪，悠悠伏枕左书空③。

十年蹴踘将雏远，万里秋千习俗同④。

旅雁上云归紫塞⑤，家人钻火用青枫⑥。

秦城楼阁烟花里，汉主山河锦绣中⑦。

春水春来洞庭阔，白蘋愁杀白头翁。

[注释]

①此诗当是大历四年（769）春初到潭州（今湖南长沙）时所
作。

②右臂偏枯：时杜甫已患偏瘫症。此疾多发为男左女右，此
种情况下为重症，反之则病症轻。半耳聋：指左耳聋。

③书空：用手指在空中虚画字形。此用以表示于遭际之不甘
心态。

④"十年"二句：写清明节俗，亦兼写漂泊之苦。将雏：携子。
杜甫自759年举家入蜀，当时已有十年。

⑤紫塞：此代指北方。

⑥钻火：钻木取火。清明前一或二日为寒食，举国禁火。节

后钻木取新火。

⑦"秦城"二句:遥想长安春色。

[点评]

　　此为七言排律。排律为律诗之拓展,即除首尾两联外,中间皆作对仗,此诗仅较律诗增出两联,然已为清人朱瀚所指摘,以为"将雏"与"习俗"不成偶对,"秦城"一联如街市灯联,过于熟烂,"蹴踘"与"秋千"为对,亦大有坊间风味。然此诗妙处不在精严,而在风趣与洒脱。

江　汉

江汉思归客,乾坤一腐儒。

片云天共远,永夜月同孤。

落日心犹壮,秋风病欲苏②。

古来存老马,不必取长途③。

[注释]

①此诗仇兆鳌以为作于大历四年(769)秋,今有注者以为诗言"江汉",当是漂泊湖北时所作,如此便当系在大历三年(768)。

②苏:苏活,康复。

③"古来"二句:用《韩非子》典事,谓老马识途。

[点评]

　　此诗以景语作情语。言身与片云共远,心与夜月同孤。片云、孤月,正诗人用以自况。"乾坤一腐儒",与"乾坤一草亭""天地一沙鸥"同一机杼,乃杜公之小大之辨耳。

酬唱交游

蓬门今始为君开

赠李白

秋来相顾尚飘蓬，未就丹砂愧葛洪②。

痛饮狂歌空度日，飞扬跋扈为谁雄？

[注释]

①此诗作于天宝四年（745）秋与李白在鲁郡（今山东兖州）重逢时。二人初识于天宝三年四月。李白被驸马张垍所谗，赐金放还。他三月出长安，经商州东下洛阳，四月与杜甫相遇，二人一见如故，同游梁宋。又巧遇杜甫游齐赵时所结识的朋友高适，三人同游单父台（在今山东单县）。此后，李白往齐州受道箓，杜甫往王屋山访道士华盖君，因此分手。此番重逢，是李白回兖州探望家小，杜甫重游故地。

②葛洪：东晋人，闻交趾出丹砂，因求为勾漏令。此句就去年分手事由而发。因李白炼丹未成，杜甫往王屋山寻华盖君未遇。

[点评]

　　李白年长杜甫十一岁。两人相逢时，李白刚出长安，于仕途再无幻想，而杜甫于长安则正心向往之。虽同样的身如飘蓬，同样的未就丹砂，然杜甫却以李白之"痛饮狂歌""飞扬跋扈"为不可，故赠诗相劝。此生活遭际之不同也。待杜甫阅世已深,对李白便无此等规劝语了。

春日忆李白①

白也诗无敌,飘然思不群②。

清新庾开府,俊逸鲍参军③。

渭北春天树,江东日暮云④。

何时一樽酒,重与细论文⑤?

[注释]

①此诗作于天宝五年(746)初入长安时。

②不群:卓然出众。

③庾开府:庾信。在北周为骠骑大将军,开府仪同三司,是北朝重要诗人。鲍参军:鲍照。南朝宋时曾为前军参军,文辞赡逸。

④"渭北"二句:以地域点出一个"忆"字。渭北,指杜甫所居之长安。江东,指李白所游之会稽。

⑤论(lún 伦)文:谈诗论文。论,读作平声。

[点评]

李白与杜甫自天宝四年分手后,终生未再相见,但杜甫对这位前辈诗人的忆念之情却始终不渝。后世因杜甫对李白的推崇曾引出李杜高下之争，其实杜甫生前并不曾想与李白比肩，且于创作孜孜以求，至晚年仍然是"新诗改罢自长吟"，不自满足，不弃涓埃，才能成其大也。

饮中八仙歌①

知章骑马似乘船，眼花落井水底眠②。汝阳三斗始朝天，道逢曲车口流涎，恨不移封向酒泉③。左相日兴费万钱，饮如长鲸吸百川，衔杯乐圣称避贤④。宗之潇洒美少年，举觞白眼望青天，皎如玉树临风前⑤。苏晋长斋绣佛前，醉中往往爱逃禅⑥。李白一斗诗百篇，长安市上酒家眠，天子呼来不上船，自称臣是酒中仙⑦。张旭三杯草圣传，脱帽露顶王公前，挥毫落纸如云烟⑧。焦遂五斗方卓然，高谈雄辩惊四筵⑨。

[注释]

①本篇写唐玄宗开元至天宝间贺知章、李琎、李适之、崔宗之、苏晋、李白、张旭、焦遂八个豪饮之士。此诗约作于天宝五年(746)杜甫初到长安之时，然而八仙中苏晋卒于开元二十二年(734)，贺知章卒于天宝三年(744)，李适之卒于天宝

六年。杜甫此诗,可能是根据流行题材写其旧事。

②"知章"二句:写贺知章。知章会稽永兴(今浙江萧山)人,自号四明狂客,官至秘书监,晚年辞官为道士。似乘船,知章家乡多水路,以船为车,以楫为马,此用以写他骑在马上晃晃悠悠的醉态,非常精当。

③"汝阳"三句:写唐玄宗的侄子李琎。他曾被封为汝阳郡王,与贺知章有诗酒之交。朝天,朝见皇帝。曲车,装酒曲之车。酒泉,郡名。汉武帝元狩二年(前121)设。城下有金泉,泉味如酒。治所在今甘肃酒泉市。

④"左相"三句:写左丞相李适之。他是唐太宗的曾孙,天宝元年(742)为左丞相,与右相李林甫不和,天宝五年辞官,第二年服毒自杀。据《旧唐书》记载,他白天处理公务,晚上大宴宾客,饮酒一斗而思维不乱。

⑤"宗之"三句:写崔宗之。他是辅佐玄宗继位的功臣崔日用之子,袭父爵为齐国公,官至侍御史。贬官金陵时曾与李白唱和。玉树临风:形容风姿秀美,超逸潇洒,亦兼写其醉后摇曳之态。

⑥"苏晋"二句:写武则天时重臣苏珦之子苏晋。他曾为摄政时的玄宗草拟诏书,历任户都、吏部侍郎。其敬佛、爱酒事无考。

⑦"李白"四句:写李白。据《旧唐书》记载,李白供奉翰林,仍每日与酒徒在酒肆中饮酒。一天玄宗作曲,召李白填词,李白已在酒家醉倒。

⑧"张旭"三句:写张旭。张旭,唐吴郡(今江苏苏州市)人,精通书法,尤善草书,是贺知章好友。

⑨"焦遂"二句:写焦遂。遂是与文人、进士有交往的布衣,

可能与杜甫相识。四筵,四座。

[点评]

　　诗分写八个人物,神气活现,于无连贯中体现出连贯性,可谓神来之笔。篇中记八名狂士,亦透出杜甫自家的裘马轻狂之态。

赠卫八处士①

　　人生不相见,动如参与商②。今夕复何夕,共此灯烛光!少壮能几时?鬓发各已苍!访旧半为鬼,惊呼热中肠。焉知二十载,重上君子堂。昔别君未婚,儿女忽成行。怡然敬父执③,问我来何方?问答未及已,驱儿罗酒浆。夜雨剪春韭,新炊间黄粱④。主称会面难,一举累十觞⑤。十觞亦不醉,感子故意长⑥。明日隔山岳,世事两茫茫。

[注释]

①此诗约作于乾元二年(759)春天杜甫由洛阳返回华州任所途中。卫八处士,未详。

②参商:二星名。此出彼没,故以喻人之难以相见。

③父执：父亲的朋友。

④间（jiàn 见）：掺杂。

⑤累：接连。

⑥故意：念旧的情意。

[点评]

　　语言条畅，情意真切，与《古诗十九首》同一风致。凡悉心待客或受朋友盛情款待者，读此诗无不为之动容。此诗直淡到让人不觉其为诗，只如野老话家常，然却能直入心田，令人过目不忘，真所谓"风行水上，自然成文"也。

天末怀李白①

凉风起天末，君子意如何②？

鸿雁几时到？江湖秋水多③！

文章憎命达，魑魅喜人过④。

应共冤魂语，投诗赠汨罗⑤。

[注释]

①此诗作年与《梦李白二首》同。

②君子：指李白。

③鸿雁：指信使。两句言山长水远，音讯难通。

④魑魅(chī mèi 吃妹)：山中鬼怪,噬人为生。此喻奸邪小人。过,读平声。

⑤冤魂：指楚屈原之魂。屈原遭谗见放,最后投汨罗江而死。汨罗：江名。为湘江支流,位于湖南省东北部。李白流放夜郎会道途经该地。

[点评]

　　"文章憎命达",此杜公之人生体验也。此诗言李白不见容于当世,唯与屈原可为同道。

南　邻①

锦里先生乌角巾②,园收芋栗不全贫。

惯看宾客儿童喜,得食阶除鸟雀驯。

秋水才深四五尺,野航恰受两三人③。

白沙翠竹江村暮,相送柴门月色新④。

[注释]

①此诗作于上元元年(760)。杜甫于去年十二月入蜀至成都,时卜居浣花溪,营建草堂。南邻,草堂之邻。杜甫另有《过南邻朱山人水亭》,疑南邻即指朱山人。

②锦里：地名,在今成都市南。杜甫草堂近锦里,故称南邻为

"锦里先生"。乌角巾:黑色方巾。隐者、道士的冠饰。

③舫:小舟。

④相送:有本作"相对"。

[点评]

前半写杜甫过访,锦里先生隐而居,种而食,然好客之心由人及鸟,故儿童"惯看宾客",鸟雀"得食阶除",至此,南邻之形象呼之欲出。后半写南邻相送,怡情悦性,一派天机。末一句最有眼光,诗确有陶靖节渊明先生的田园风韵。

宾　至①

幽栖地僻经过少,老病人扶再拜难。

岂有文章惊海内,漫劳车马驻江干②。

竟日淹留佳客坐,百年粗粝腐儒餐。

不嫌野外无供给,乘兴还来看药栏③。

[注释]

①此诗旧注编在上元元年(760)诗中,时在成都浣花草堂。

②"岂有"二句:写宾至之缘由。

③药栏:种草药的小圃。

[点评]

　　此诗全叙情事而不及景物,与唐人七律之常格不同,且第五句与第四句平仄失粘。然宾主之间的种种款曲毕现诗中:老病幽栖,少有过访者,忽有远客以仰慕文名前来叩访,且相见恨晚,淹留竟日,而主人只能以粗粝之家常便饭相待,正所谓"盘飧市远无兼味",故而心怀歉疚;然临别依依,因此有末联相约重来之辞。

客　至

舍南舍北皆春水,但见群鸥日日来。

花径不曾缘客扫,蓬门今始为君开②。

盘飧市远无兼味③,樽酒家贫只旧醅④。

肯与邻翁相对饮⑤,隔篱呼取尽馀杯⑥。

[注释]

①此诗或作于上元二年(761),时在成都浣花草堂。题下原注:"喜崔明府相过。"崔明府,疑即杜公舅氏崔顼。

②蓬门:蓬草之门,贫者所居。

③飧(sūn 孙):熟食。

④旧醅(pēi 胚):旧酿浊酒。

⑤邻翁：邻居老人。从其《北邻》诗可知北邻为王县令；从其
《过南邻朱山人水亭》诗知南邻为朱山人。

⑥取：语助词。

[点评]

　　一片热情，一种逸性，尽在待客敬酒中表现出来。中二
联为实话实说，然却显得谦恭有礼，见出忠厚长者的态度。

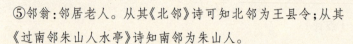

所　思①

　　苦忆荆州醉司马②，谪官樽酒定常开。

　　九江日落醒何处？一柱观头眠几回③？

　　可怜怀抱向人尽④，欲问平安无使来。

　　故凭锦水将双泪，好过瞿塘滟滪堆⑤！

[注释]

①此诗或作于上元二年(761)。所思者为荆州司马崔漪。

②荆州醉司马：句下原注曰"崔吏部漪"。荆州，今湖北江
陵。崔漪贬荆州司马事史传无载。

③一柱观：刘宋临川王刘义庆镇江陵时所建，开元时已废。

④怀抱：怀崔之意。向人尽：逢人问讯之意。

⑤瞿塘：三峡之西起第一峡，起于夔州。滟滪堆：瞿塘峡之最

险要处,有滟滪石正当峡口江流之中,后被炸掉。

[点评]

因"苦忆"而"无使来",故写诗相问讯。末二句与李白之"我寄愁心与明月,随风直到夜郎西"同一诗思,同一怀抱,最见杜甫之真情至性,被《杜诗镜铨》推为"奇语"。

不　见①

不见李生久②,佯狂真可哀。世人皆欲杀,吾意独怜才③。敏捷诗千首,飘零酒一杯。匡山读书处,头白好归来④。

[注释]

①此篇约作于上元二年(761),时在成都浣花草堂。题下自注曰:"近无李白消息。"这是杜甫思念李白的最后一首诗。
②李生:指李白。
③"世人"二句:见出唯杜甫是李白知己。皆欲杀,或指李白因入永王李璘幕府获罪。李白遇赦得释后,漂泊于浔阳、金陵、宣城、历阳等地,至杜甫作此诗时已是浪迹三年。
④匡山:即大匡山,在四川江油市西,山有李白读书堂。两句言希望李白晚年回归故乡。

［点评］

　　杜甫关于李白的全部诗章中这首《不见》是其中认识最深刻、评价最恰切的一章。杜甫虽希望李白能在晚年回归故里，可悲的是两位大诗人全都客死他乡。李白在杜甫作此诗的次年病死于当涂（今属安徽）族叔的家中；杜甫死在由长沙到岳阳的一条破船上，死后四十三年，遗骸才得以归葬河南首阳山下。在了解诗人身世后重读此诗，怎能不让人为之泣下？

奉寄高常侍①

汶上相逢年颇多②，飞腾无那故人何③。

总戎楚蜀应全未④，方驾曹刘不啻过⑤。

今日朝廷须汲黯⑥，中原将帅忆廉颇⑦。

天涯春色催迟暮，别泪遥添锦水波⑧。

［注释］

①此是广德二年（764）重归成都后作。高常侍：高适。严武入朝后，高适代为成都尹。吐蕃陷京畿时，高适屯兵吐蕃边境，以期牵制敌人，然出师无功，松、维等州又为敌兵所陷，故又以严武代还。高适还朝当在广德二年三月。入朝后用为

刑部侍郎,转散骑常侍,故称高常侍。

②汶上相逢:记与高适初逢。杜甫于开元二十三年(735)至
开元二十九年(741)曾漫游齐赵,此间识高适,并从此订交。
汶上:汶水之滨。汶水出泰山郡,汶上在齐南鲁北。

③无那:无奈何。

④总戎楚蜀:指高适曾为淮南节度使、剑南西川节度使。应
全未:未尽其长。

⑤方驾:并驾,匹敌。曹刘:建安诗人曹植、刘桢。不啻过:远
远过之。

⑥汲黯:汉武帝时良吏,后召为九卿,以直言敢谏著称。

⑦廉颇:战国时赵将。赵惠文王朝拜为上卿,孝成王朝任相
国,悼襄王时获罪奔魏。赵数困于秦兵,复欲用之,颇亦思
赵,后为人谗阻而未果。忆廉颇,指朝廷召高适回朝事。

⑧锦水:锦江,在成都南。

[点评]

　　此诗如寄友人书。上四述订交及故人之文武优劣;下四
惜其入京而遥寄别情。高适入京后方迁常侍,故此诗当是久
别后寄奉之作,杜甫返成都后,与高并未相逢。诗以"朝廷
须汲黯"相勉,正以散骑常侍"掌规讽过失,侍从顾问"之职
也。老杜待友之挚情与温润,俱由此诗见出。

园人送瓜①

江间虽炎瘴,瓜熟亦不早。柏公镇夔国②,滞务兹一扫。食新先战士,共少及溪老③。倾筐蒲鸽青④,满眼颜色好。竹竿接嵌窦,引注来鸟道⑤。浮沉乱水玉⑥,爱惜如芝草。落刃嚼冰霜,开怀慰枯槁。许以秋蒂除,仍看小童抱⑦。东陵迹芜绝⑧,楚汉休征讨⑨。园人非故侯⑩,种此何草草⑪。

[注释]

①此诗当作于大历二年(767)居夔州时。

②柏公:柏茂林,亦写作"柏茂琳"。大历元年冬出任夔州都督,对杜甫多有关照。夔国:夔州。春秋时为夔子国,后为楚所灭,秦置巴郡,蜀汉改巴东郡,唐置夔州,府治在今重庆奉节。

③"食新"二句:扣"送瓜",言柏公体恤民情,推惠及人。先战士,据《北齐书》载,兰陵王长恭为将,每得一瓜,必与将士共之。溪老,杜甫自谓。

④倾筐:言倾筐将瓜倒出。蒲鸽青:言瓜色青如蒲鸽。由此句推之,园人所送之瓜为甜瓜。

⑤"竹竿"二句:言以竹筒引山泉水浸瓜。嵌窦:指泉眼。鸟

道:指高山。

⑥水玉:指瓜。言其色碧如玉。

⑦"许以"二句:园人相约之辞。秋蒂除,指瓜园拉秧。小童抱,小童抱瓜来送。

⑧东陵迹:指东陵侯种瓜事。邵平为故秦东陵侯,秦灭后为布衣,种瓜长安城东门外,瓜分五色而味美,世谓之东陵瓜。

⑨"楚汉"句:亦种瓜典事。战国时梁大夫宋就曾为边境县令,其地与楚临界。楚梁俱种瓜。梁人瓜美,楚人妒而夜搔之,致有死焦者。梁人欲搔楚瓜以报复,宋就不许,且派人夜间偷浇楚瓜,使楚瓜亦美,梁楚由是成为睦邻。"休征讨"即由此出。汉,当指梁。

⑩故侯:即故东陵侯。

⑪草草:辛劳。

[点评]

　　中国早有种瓜历史,然所种为甜瓜,或曰香瓜,西瓜是五代时期才由西域引进的,由此可知杜甫所吃的只是一筐蒲鸽般大小、蒲鸽般颜色的香瓜。诗先美送瓜主人,再叙食瓜之乐,末以种瓜典事作结,可谓面面俱到。"小童抱","抱"字为正本,然亦有作"饱"者。宋赵次公本取"饱",以全篇皆押上声韵,故当以"饱"字为是。此乃校勘学之"理校",所言有理,录备一说。

又呈吴郎①

堂前扑枣任西邻,无食无儿一妇人。

不为困穷宁有此? 只缘恐惧转须亲!

即防远客虽多事,便插疏篱却甚真!

已诉征求贫到骨,正思戎马泪盈巾。

[注释]

①此诗作于大历二年(767),时杜甫在夔州,由瀼西移居东屯,将瀼西草堂借给吴氏寓居。吴氏为杜甫姻亲,因吴氏入住后有插篱防邻之举,故杜甫以此诗代简呈之。

[点评]

有感于征求戎马,而以仁者之心哀此寡妇,实话直说,不借于比兴,如同乐府。以乐府入七言,至老杜又一变,或以为"不成诗",殊不知情致之语皆成诗也。

晚晴吴郎见过北舍①

圃畦新雨润,愧子废锄来②。

竹杖交头挂,柴扉扫径开。

欲栖群鸟乱,未去小童催。

明日重阳酒,相迎自酸醅③。

[注释]

①此与前首作时相去不远,参前首《又呈吴郎》注①。时吴
郎借居瀼西草堂,过东屯访杜。

②废锄来:废耕作而来访。

③酸醅(pō pēi 泼胚):未经过滤的重酿酒。酸:二度投料酿
造的酒。醅:浊酒。

[点评]

诗末约吴郎重阳节来饮酒,然吴郎未再至。篇中"竹杖
交头挂"一句,描绘两老翁相向而立,手杖之头柄相交接,细
节煞是生动与真实,非拄杖之人,难得此句。

短歌行赠王郎司直①

　　王郎酒酣拔剑斫地歌莫哀②,我能拔尔抑塞磊落之奇才③。豫章翻风白日动,鲸鱼跋浪沧溟开④。且脱剑佩休徘徊。西得诸侯棹锦水⑤,欲向何门趿珠履⑥。仲宣楼头春色深⑦,青眼高歌望吾子⑧。眼中之人吾老矣⑨。

[注释]

①此诗作于大历三年(768)暮春,时杜甫自夔出峡,寓居湖北江陵。短歌行:乐府旧题。司直:大理寺官员,掌出使推按。

②拔剑斫地:表愤激的动作。莫哀:劝王郎也。

③拔:振拔。

④"豫章"二句:以天下之名木、大鱼比况王郎之奇才。豫,又名枕木;章,又写作"樟"。

⑤西得诸侯:指王郎将西入蜀地。

⑥何门:谁人之门。趿(tā它):拖着鞋子。此句用春申宾客典,问王郎入蜀将做何人宾客,有提醒他注意择门的用意。

⑦仲宣楼:即王粲楼。王粲字仲宣,为"建安七子"之一,避乱依刘表于荆州,作《登楼赋》。后人因称所登楼为仲宣楼,

楼址有襄阳、当阳、江陵三说,杜甫所言当是江陵城楼。

⑧用晋阮籍好为青白眼典事。青眼相待,表示爱重。

⑨"眼中"句:谓"眼中之人"见我已是垂垂老者了。

[点评]

本篇上下两段,各为五句。上叶平声韵,下叶仄声韵,章法独特。虽曰"赠王郎",实借以一抒自家勃郁之气矣。诗中所涉,正老杜蜀中所历,故悲凉跌宕,突兀横绝,别是一种韵致。

衡州送李大夫七丈勉赴广州①

斧钺下青冥②,楼船过洞庭③。

北风随爽气,南斗避文星④。

日月笼中鸟,乾坤水上萍。

王孙丈人行⑤,垂老见飘零⑥。

[注释]

①此诗当作于大历三年(768)冬。衡州,治所即今湖南衡阳。李勉,自江西观察使入为京兆尹,兼御史大夫。大历三年十月拜广州刺史,充岭南节度使。时岭南番帅冯崇道与桂州朱济时叛,朝廷遣李勉讨之。

②"斧钺"句:言李勉受命于朝廷,汉魏以来为将者多言仗斧钺。下青冥:自天而下。此以"青冥"代指朝廷。

③楼船:汉武帝征南越时曾造楼船。

④南斗:即斗宿,有六星,主吴越分野。文星:喻李勉有文章之才。

⑤"王孙"句:指李勉。言其为宗室。行,读音如"项"。

⑥"垂老"句:自指。

[点评]

此诗最为警人者在五、六两句,即"日月笼中鸟,乾坤水上萍",歧见亦在此处。然杜甫以天地为笼、日月为鸟、乾坤为萍似亦无不可也。

江阁卧病走笔寄呈崔卢两侍御①

客子庖厨薄,江楼枕席清。

衰年病只瘦,长夏想为情。

滑忆雕胡饭②,香闻锦带羹③。

溜匙兼暖腹④,谁欲致杯罂⑤?

[注释]

①此诗作于大历四年(769)秋,时流寓潭州(今湖南长沙)。

崔卢两侍御,指崔五和卢十四弟。

②雕胡:菰米。即茭白的果实。曝干可炊食,香滑可口。

③锦带:即莼菜。以生湖南者最美,为羹滑爽清香。

④溜匙兼暖腹:承上联而出,言雕胡饭可溜匙,锦带羹可暖腹。

⑤罌(yīng 英):小口大腹的瓦制酒器。

[点评]

　　杜甫以迟暮多病之身,饱受漂泊饥寒之苦,至潭州此篇,一如陶渊明之赋"乞食"也。"雕胡饭"唯"忆"其"滑","锦带羹"只"闻"其"香",诗人之饥寒困顿可知也。然正因如此,两样普通吃食才在诗人笔下格外诱人,"溜匙兼暖腹",非思之切、求之急,何以出此句?老杜之黑色幽默,真是令人鼻酸。

咏怀古迹

丞相祠堂何处寻

蜀　相

丞相祠堂何处寻②？锦官城外柏森森③。

映阶碧草自春色，隔叶黄鹂空好音。

三顾频烦天下计④，两朝开济老臣心⑤。

出师未捷身先死⑥，长使英雄泪满襟。

[注释]

①本篇作于上元元年(760)初至成都时。蜀相:指蜀汉丞相诸葛亮。

②丞相祠堂:今名武侯祠,在成都南郊公园内。初建于晋李雄在成都称王时。

③锦官城:成都别称。古锦官城是成都少城,毁于晋桓温平蜀时。

④三顾:刘备三顾诸葛亮于隆中草庐。

⑤两朝:诸葛亮事先主刘备和后主刘禅两朝。

⑥"出师"句:诸葛亮出兵伐魏,于渭河南五丈原病死军中。

[点评]

　　诸葛亮是一位具有悲剧性格的人物,从其早年好为《梁甫吟》一类悲怆曲调可知。设若以诸葛之才辅佐曹操,天下又不知是怎样一番景象。然诸葛亮却在解褐之初选择了势力最弱的刘备,并由此导演出三分天下的政治局面。杜甫亦为具有悲剧性格的人物,从他华州弃官之举可知。所以杜甫于诸葛武侯频致意焉,多次赋诗咏之,美其才,慕其忠,赞其功,叹其出师未捷、志决身歼,盖亦所以自喻也。此诗结联二句,尤为古来失路英雄所共鸣,唐之王叔文、宋之宗泽,临终前均诵此二句以寄意,虽千载之下,犹有同感者也。

滕王亭子二首^①

(其一)

君王台榭枕巴山,万丈丹梯尚可攀^②。

春日莺啼修竹里^③,仙家犬吠白云间^④。

清江锦石伤心丽,嫩蕊浓花满目斑。

人到于今歌出牧^⑤,来游此地不知还。

[注释]

①此诗作于广德二年(764),时杜甫由梓州(今四川三台)到阆州(今四川阆中),游赏此亭。滕王亭子:滕王李元婴由寿州刺史移镇隆州时所建。后隆州避玄宗李隆基之讳,改称阆州。滕王,唐高祖第二十二子,贞观十三年(639)封王,文明元年(684)卒。

②万丈丹梯:形容山路高耸入云,亦指通向道家仙境的道路。

此处两重意思兼有,滕王亭子建在道观之内。

③莺啼修竹:用晋孙绰《兰亭诗》"啼莺吟修竹"句意。

④犬吠白云间:用汉淮南王刘安修道事,一人得道,鸡犬升天。

⑤出牧:出为州官。旧以县官称"宰",州官称"牧",郡官称"守"。

[点评]

　　滕王亭子,阆中名胜也。滕王都督洪州时还建有一阁,因王勃作序而传名千古。从游吴越、游齐鲁,到游阆州,可以见出老杜对历史人文旧迹的关注。

忆昔二首①

（其二）

　　忆昔开元全盛日②,小邑犹藏万家室。稻米流脂粟米白,公私仓廪俱丰实。九州道路无豺虎,远行不劳吉日出③。齐纨鲁缟车班班④,男耕女桑不相失⑤。宫中圣人奏云门⑥,天下朋友皆胶漆⑦。百余年间未灾变⑧,叔孙礼乐萧何律⑨。岂闻一绢直万钱⑩,有田种谷今流血。洛阳宫殿烧焚尽,宗庙新除狐兔穴⑪。伤心不忍问耆旧,复恐初从乱离说。小臣鲁钝无所能,朝廷记识蒙禄秩⑫。周宣中兴望我皇⑬,洒血江汉身衰疾。

[注释]

①此诗作于广德二年(764)。本篇忆玄宗开元盛世,以期代宗能够中兴唐室。

②开元:唐玄宗李隆基年号,起讫时间为公元713—741年。

③不劳吉日出:谓出行不需择日,即日日为好日也。

④齐纨鲁缟:指精致的丝织品。车班班:言商贾不绝于道。

⑤"男耕"句:指社会生产生活秩序正常。

⑥官中圣人:指当朝皇帝。云门:乐名。

⑦胶漆:如胶似漆。指关系亲密。

⑧百余年间:指唐开国至安史之乱以前,即公元618—755年,凡一百三十七年。

⑨"叔孙"句:指西汉初年叔孙通制礼仪,萧何作律九章。句以汉比唐,言唐朝开国百余年间制度健全,秩序井然。

⑩"岂闻"句:此句以下写安史之乱以后情况。

⑪"宗庙"句:指广德二年吐蕃入寇长安事。吐蕃盘踞长安十五日,代宗于这年十二月始还长安。诗当作于代宗还朝后不久,故曰"新除狐兔穴"。

⑫蒙禄秩:指在朝中为官。

⑬"周宣"句:希望唐代宗能效法周宣王,中兴唐室。周宣中兴,周宣王承厉王之乱,复修文武成康之业,周道复兴。

[点评]

　　忆开元盛日,可补史籍;盼代宗中兴,不顾衰疾。诗人拳拳之心,苍天可鉴!

八阵图^①

功盖三分国^②,名成八阵图。

江流石不转,遗恨失吞吴^③。

[注释]

①此诗当是大历元年(766)初至夔州时所作。八阵图:故址在今重庆奉节西南长江中。八阵,指天、地、风、云、飞龙、翔鸟、虎翼、蛇盘八种作战阵法。
②三分国:指魏、蜀、吴三国共分天下。
③失吞吴:指未能吞灭吴国。八阵图意在防吴。

[点评]

先主征吴,兵败夷陵,退还鱼腹,病终永安宫。如此结局,诸葛亮不能无恨。此诗借八阵图以赞诸葛亮之精神,悲壮慷慨。苏东坡以为吞吴非亮本意,故其恨乃在失策于吞吴,即不当吞吴而吞之,以致局势急转直下。此乃史家之见,非诗人之见也。

咏怀古迹五首^①

一

支离东北风尘际^②,飘泊西南天地间^③。

三峡楼台淹日月^④,五溪衣服共云山^⑤。

羯胡事主终无赖^⑥,词客哀时且未还^⑦。

庾信平生最萧瑟,暮年诗赋动江关^⑧。

二

摇落深知宋玉悲^⑨,风流儒雅亦吾师^⑩。

怅望千秋一洒泪,萧条异代不同时。

江山故宅空文藻^⑪,云雨荒台岂梦思^⑫?

最是楚宫俱泯灭^⑬,舟人指点到今疑。

三

群山万壑赴荆门^⑭,生长明妃尚有村^⑮。

一去紫台连朔漠^⑯,独留青冢向黄昏^⑰。

画图省识春风面⑱，环佩空归夜月魂⑲。

千载琵琶作胡语⑳，分明怨恨曲中论。

四

蜀主窥吴幸三峡㉑，崩年亦在永安宫㉒。

翠华想象空山里㉓，玉殿虚无野寺中㉔。

古庙杉松巢水鹤，岁时伏腊走村翁㉕。

武侯祠屋常邻近㉖，一体君臣祭祀同㉗。

五

诸葛大名垂宇宙，宗臣遗像肃清高㉘。

三分割据纡筹策㉙，万古云霄一羽毛㉚。

仲伯之间见伊吕㉛，指挥若定失萧曹㉜。

运移汉祚终难复㉝，志决身歼军务劳㉞。

[注释]

①本篇当是大历元年(766)在夔州作，借古迹以咏怀。

②支离：破碎。此指流离，漂泊不定。

③飘泊西南：指作者流寓两川的漂泊生活。

④三峡：指夔州以东的瞿峡、巫峡、西陵峡。此指瞿峡。

⑤五溪：指今湖南、贵州交界一带。

⑥羯胡：古代北方民族。此指安禄山、史思明叛军。

⑦词客:作者自指,兼咏庾信。

⑧"庾信"二句:托庾信以自咏。庾信,南北朝诗人。

⑨"摇落"句:语本宋玉《九辩》"悲哉秋之为气也,萧瑟兮草木摇落而变衰"。

⑩风流儒雅:形容其品格文藻之高。

⑪江山故宅:归州(今湖北秭归)有宋玉故宅。

⑫云雨荒台:宋玉《高唐赋》写巫山神女"旦为朝云,暮为行雨,朝朝暮暮,阳台之下"。

⑬楚宫:指细腰宫,故址在今湖北秭归。

⑭荆门:山名,在湖北宜都西北,与虎牙夹江对峙如门。

⑮明妃:即王昭君。名嫱,汉元帝宫人。晋避司马昭讳,改称明君,亦称明妃。村:指昭君村,在今湖北秭归。

⑯紫台:犹紫宫,帝王所居的宫殿。朔漠:北方沙漠,指匈奴所居之地。

⑰青冢:王昭君墓。在今内蒙古呼和浩特之南二十里。

⑱画图:指王昭君画像。汉元帝使画工图宫女像,按图召幸。

⑲环佩:妇女佩戴饰物。

⑳胡语:胡音,指匈奴音乐。

㉑蜀主:指先主刘备。窥吴:公元222年,刘备率军进攻东吴,兵败退回夔州白帝城。

㉒崩年:死时。永安宫:在夔州鱼腹,故址今属重庆奉节。

㉓翠华:皇帝出行的仪仗。

㉔"玉殿"句:句下原注"殿今为卧龙寺,庙在宫东"。

㉕伏腊:伏腊之祭。伏祭在六月,腊祭在十二月。

㉖武侯祠屋:诸葛亮祠堂。

㉗一体君臣:形容君臣关系密切,如同一个整体。

㉘宗臣：重臣。

㉙三分割据：指魏、蜀、吴鼎足三分局面。纡筹策：曲尽计谋。

㉚羽毛：指鸾凤之类飞禽。

㉛伊吕：指辅佐商汤的伊尹和辅佐文王、武王的吕尚。

㉜萧曹：指汉高祖的谋臣萧何和曹参。

㉝汉祚：汉朝的帝业。

㉞志决身歼：立志坚定，以身殉职。诸葛亮鞠躬尽瘁，北伐时病死于五丈原军中。

[点评]

　　杜甫创七律组诗，或称“组律”，本组即其一也。借古迹以咏怀，其源盖出于左思之《咏史》，皆托古以抒情。首章未点明古迹，而借庾信以自喻，喻其平生萧瑟，而以诗赋名世。次章咏宋玉宅，借以发萧条之悲。三章咏明妃村，借以写“一去紫台”之怨，而暗寓忠荩之恳。四章咏先主庙，借以明君臣之心。末章咏武侯祠，借以自喻其“鞠躬尽瘁”之志。

艺界题赠

丹青不知老将至

戏为六绝句①

庾信文章老更成②,凌云健笔意纵横。
今人嗤点流传赋③,不觉前贤畏后生④。

王杨卢骆当时体⑤,轻薄为文哂未休⑥。
尔曹身与名俱灭⑦,不废江河万古流。

纵使卢王操翰墨⑧,劣于汉魏近风骚⑨。
龙文虎脊皆君驭⑩,历块过都见尔曹⑪。

才力应难跨数公⑫,凡今谁是出群雄?
或看翡翠兰苕上⑬,未掣鲸鱼碧海中⑭。

不薄今人爱古人,清词丽句必为邻。
窃攀屈宋宜方驾⑮,恐与齐梁作后尘⑯。

未及前贤更勿疑,递相祖述复先谁⑰?

别裁伪体亲风雅^⑱,转益多师是汝师^⑲。

[注释]

①此诗旧注系在上元二年(761),为杜甫之论诗诗。

②庾信:字子山,初仕南朝梁,奉使西魏,被留王中。西魏亡,仕北周。文章绮丽,初擅宫体,晚年诗赋颇多乡关之思。老更成:老愈成格,文笔愈健。

③嗤点:嗤笑指点。

④畏后生:句言不以为庾信当畏今人嗤点。

⑤王杨卢骆:即所谓初唐四杰,王勃、杨炯、卢照邻、骆宾王。

⑥轻薄:指哂笑"四杰"的轻薄之人。哂(shěn 审):嗤笑。

⑦尔曹:汝辈,有贬义。指"轻薄为文"者。

⑧卢王:卢照邻、王勃。代指"四杰"。

⑨"劣于"句:当读作"劣于""汉魏"之"近风骚"。即"四杰"诗稍逊于风雅楚骚汉魏之作,然亦颇有可观者。

⑩龙文虎脊:喻"四杰"之文采。

⑪历块过都:原指马行之迅疾,言过都越国如越土块,此喻"四杰"之才具。

⑫数公:指庾信、"四杰"。

⑬翡翠:鸟名,体小而羽绿色。兰苕:香草。此句喻为文之小手笔。

⑭掣:牵掣,抽取。此句以"掣鲸"比喻才大气雄之大手笔。

⑮屈宋:屈原、宋玉。战国时楚之辞赋家,"风骚"之"骚"的代表。方驾:并驾齐驱。

⑯齐梁:指南朝齐梁时代的文学,其时笔力纤弱。

⑰复先谁:即复谁先。言为文递相祖述,愈趋愈下,又能在哪

个前人之先呢?

⑱别裁:区别、裁汰。

⑲汝:即上文之"尔曹"。

[点评]

  六绝句首章推美庾信;其次彰表四杰;其三言四杰逊于汉魏风骚,却远过于嗤点前辈者;其四言当今之人才力俱在庾信、四杰之下,并无掣鲸之大才;其五为杜公自道;其六戒当世为文之人。六章以议论抒胸臆,实开以绝句论诗之先河。

解闷十二首①

(其五、其六、其七)

李陵苏武是吾师②,孟子论文更不疑③。

一饭不曾留俗客,数篇今见古人诗④。

复忆襄阳孟浩然⑤,清诗句句尽堪传。

即今耆旧无新语,漫钓槎头缩颈鳊。

陶冶性灵存底物⑥,新诗改罢自长吟。

熟知二谢将能事⑦,颇学阴何苦用心⑧。

[注释]

①本篇作于大历元年(766),杜甫时在夔州。诗或写风土民情,或讽玄宗朝贡荔枝事,或记创作心得,内容庞杂。兹将品论文艺的三篇录出。

②李陵苏武:汉武帝时人。李陵为李广之孙,天汉二年率五千人击匈奴,战败投降。苏武于天汉元年以中郎将出使匈奴,匈奴羁之使降,苏武不屈,持节牧羊十九年,昭帝即位后始归。

③孟子:指孟云卿。

④数篇:指孟云卿之作。古人诗:言孟诗有古调。

⑤孟浩然(689—740):襄阳(今属湖北)人,开元间游长安,应进士不第。诗风清俊,与王维并为盛唐山水田园诗派的代表。

⑥底物:何物。

⑦二谢:南朝宋代诗人谢灵运和齐代诗人谢朓。二人诗多描写山水自然风物,格调清隽。将能事:将尽其能事。

⑧阴何:南朝陈代诗人阴铿和梁代诗人何逊。二人集中多写景小诗,风格清新流丽。

[点评]

三章首推西汉五言之高古,次赏孟浩然之清俊,末属二谢、阴何之清新流丽,正"转益多师"之实证也,可与《戏为六绝句》相参读。

画　鹰

素练风霜起^②，苍鹰画作殊^③。

㧜身思狡兔^④，侧目似愁胡^⑤。

绦镟光堪摘，轩楹势可呼^⑥。

何当击凡鸟，毛血洒平芜^⑦！

[注释]

①此为品画之作，未详作年。

②素练：指作画所用白绢。风霜起：指画鹰所显露的威猛之势。

③殊：非同寻常。

④㧜：古"搤"字。

⑤"侧目"句：鹰目色黄而形凹，与胡人之目相似，故有此比。

⑥绦镟：系鹰之丝绳与绳上转轴。势可呼：言画面绘鹰于轩楹之上，其势似呼之欲出。两句写画作之逼真。

⑦"何当"二句：据《幽冥录》称，楚文王猎于云梦之泽，云际鸟翔翔飘飏，鹰见之，搏翮而升，蠢若飞电，须臾羽堕如雪，血洒如雨，两翅坠地，广数十里。

[点评]

　　"㧜身""侧目"一联，已曲尽鹰之态势精神，末以"击凡鸟"作结,更是痛快淋漓,足见诗人自家之胸襟气魄也。

戏题王宰画山水图歌①

　　十日画一水,五日画一石。能事不受相促迫,王宰始肯留真迹②。壮哉昆仑方壶图③,挂君高堂之素壁。巴陵洞庭日本东④,赤岸水与银河通⑤,中有云气随飞龙。

　　舟人渔子入浦溆⑥,山木尽亚洪涛风⑦。尤工远势古莫比,咫尺应须论万里⑧。焉得并州快剪刀,剪取吴淞半江水⑨。

[注释]

①此诗作于上元元年(760),作者时在成都。王宰,蜀人。

②"能事"二句:言从容有余裕,王宰始肯作画。

③昆仑、方壶:神话传说中的仙山,此喻王宰所绘之山水缥缈有仙气。

④巴陵:今湖南岳阳,地当洞庭湖入江之口。

⑤赤岸:赤水之岸。此句写画面中水势之大。

⑥浦溆:二字同义,指水边。

⑦亚:低伏。此句言风势如涛,山木为之偃伏。

⑧远势：指山水画法中的"平远山水"。咫：八寸。咫尺，指画面尺幅而言。两句言王宰的平远山水有尺幅万里之势。

⑨"焉得"二句：典出晋索靖故事。索靖见顾恺之画，说：恨不带并州快剪刀来，剪淞江半幅纹练归去。并州，今山西太原。古以产利剪著名。吴淞，吴地之淞江。为太湖最大支脉。

[点评]

　　杜甫在本篇中提出了绘画史上颇为值得注意的两项作画原则："能事不受相促迫"和"咫尺应须论万里"。第一项为后世论画者普遍接受，后一项则又是杜甫对前代画论的继承和发展，足见在绘画理论的发展中，老杜论画之说是重要的一环，大可供画家参考。

丹青引赠曹将军霸①

　　将军魏武之子孙②,于今为庶为清门③。英雄割据虽已矣,文采风流今尚存④。学书初学卫夫人⑤,但恨无过王右军⑥。丹青不知老将至,富贵于我如浮云⑦。开元之中常引见⑧,承恩数上南熏殿⑨。凌烟功臣少颜色⑩,将军下笔开生面⑪。良相头上进贤冠⑫,猛将腰间大羽箭。褒公鄂公毛发动⑬,英姿飒爽来酣战。先帝御马玉花骢⑭,画工如山貌不同⑮。是日牵来赤墀下⑯,迥立阊阖生长风⑰。诏谓将军拂绢素,意匠惨淡经营中⑱。斯须九重真龙出⑲,一洗万古凡马空! 玉花却在御榻上⑳,榻上庭前屹相向㉑。至尊含笑催赐金,圉人太仆皆惆怅㉒。弟子韩幹早入室㉓,亦能画马穷殊相㉔。幹惟画肉不画骨,忍使骅骝气凋丧㉕? 将军善画盖有神,偶逢佳士亦写真㉖。即今漂泊干戈际㉗,屡貌寻常行路人。穷途反遭俗眼白,世上未有如公贫。但看古来盛名下,终日坎壈缠其身㉘。

[注释]

①此诗约作于广德二年(764),作者时在成都。丹青,绘画中所用红绿两种颜料,后用为绘事的代称。引,琴曲曲调之一种,亦用为诗体名。曹将军霸,曹霸。唐谯郡(今安徽亳州市附近)人,著名画家,长于鞍马、人物。

②魏武:魏武帝曹操。

③庶:庶民百姓。清门:寒素之家。唐玄宗末年,曹霸因罪被贬为庶人。

④"英雄"二句:言曹操霸业已成陈迹,文采风流尚后继有人。

⑤卫夫人:卫铄。晋汝阴太守李矩之妻,擅长书法,著有《笔阵图》,王羲之曾从其习书。

⑥王右军:晋代大书法家王羲之。

⑦"丹青"二句:言曹霸专心于画技,不问浮名。

⑧开元:唐玄宗年号,公元713—741年。

⑨南熏殿:在南内兴庆宫。

⑩凌烟功臣:绘于凌烟阁上的开国功臣画像。少颜色:指旧画颜色暗淡。

⑪开生面:指重新摹画新像。

⑫进贤冠:唐时定为朝见皇帝的一种礼冠。

⑬褒公:褒国公段志玄。鄂公:鄂国公尉迟敬德。二人在凌烟阁上分别排行第十和第七。毛发动:形容画作之生动。

⑭先帝:指唐玄宗。玉花骢:玄宗所爱之马名,原产西域。

⑮画工如山:言画工众多。貌不同:画不像。

⑯赤墀:殿廷之红色台阶。

⑰迥立：昂首卓立。阊阖：天门。此指帝王宫殿之门。

⑱意匠：犹今之所言"匠心"。惨淡经营：作画前,先用浅淡颜色打底,苦心构思,经营位置。后泛指尽心谋划。

⑲斯须：一会儿。九重：九重门,指皇宫。真龙：指马。旧说马长九尺为龙。

⑳玉花：即玉花骢。此指画在绢素上的玉花骢之图。

㉑屹相向：屹立相对。言画图与真马毫无二致。

㉒圉人、太仆：替皇帝掌管车马者。惆怅：为真马难以胜过画图而怅然若失。

㉓韩干：大梁人。善写貌人物,尤工鞍马。初师曹霸,后自独擅。入室：得到老师真传。

㉔穷殊相：穷尽各种形态。

㉕"韩惟"二句：为反衬曹霸画技而出,言韩干画马只及肉而不及骨,能穷形尽相而不能画出马之神骏意态。

㉖偶：一作"必"。写真：画肖像。

㉗干戈际：安史之乱余波未平。

㉘坎壈：困顿不得志。

[点评]

　　此篇重在论人,而兼及论画,故较其他题画之作不同。老杜非画人,但题画品艺之诗,篇篇精妙,足为画论之助。如"元气淋漓障犹湿""请君放笔为直干""韩惟画肉不画骨",俱为画论中名言,可知作诗、作画"无异法"也。

存殁口号二首

（其二）

郑公粉绘随长夜②，曹霸丹青已白头③。

天下何曾有山水，人间不解重骅骝④。

[注释]

①此诗或作于大历元年(766)。此诗所咏二人郑殁而曹存，故题曰"存殁"。口号(háo毫)：一种古诗体。表示随口吟成，与"口占"相似。

②郑公：郑虔，764年死于台州。

③曹霸：详《丹青引赠曹将军霸》。

④"天下"二句：言郑公已殁，世间再无山水秀作可赏，曹霸已老，谁人解识骅骝之价。

[点评]

　　杜甫热爱艺术，故对艺术家的困顿遭际非常关注，并因此发出"人间不解重骅骝"的浩叹。然世上不重骅骝而千金市骨的事时有发生，岂不哀哉！

观公孙大娘弟子舞剑器行

并序①

　　大历二年十月十九日,夔州别驾元持宅,见临颍李十二娘舞剑器②,壮其蔚跂③。问其所师,曰:"余,公孙大娘弟子也。"开元五载④,余尚童稚,记于郾城观公孙氏舞剑器浑脱⑤,浏漓顿挫,独出冠时。自高头宜春梨园二伎坊内人⑥,洎外供奉舞女⑦,晓是舞者,圣文神武皇帝初⑧,公孙一人而已!玉貌锦衣,况余白首!今兹弟子,亦匪盛颜⑨。既辨其由来,知波澜莫二⑩。抚事慷慨,聊为《剑器行》。昔者吴人张旭善草书书帖⑪,数尝于邺县见公孙大娘舞西河剑器,自此草书长进,豪荡感激⑫,即公孙可知矣!

　　昔有佳人公孙氏,一舞剑器动四方。观者如山色沮丧,天地为之久低昂。㸌如羿射九日落⑬,矫如群帝骖龙翔⑭。来如雷霆收震怒,罢如江海凝清光⑮。绛唇珠袖两寂寞⑯,晚有弟子传芬芳。临颍美人在白帝⑰,妙舞此曲神扬扬。与余问答既有以⑱,感时抚事增惋伤。先帝侍女八千人⑲,公孙剑器初第一⑳。五十年间似反掌㉑,风尘澒洞昏王室^㉒！梨园弟子散如烟，女乐馀姿映寒日^㉓。金粟堆南木已拱^㉔，瞿塘石城草萧瑟^㉕。玳筵急管曲复终，乐极哀来月东出。老夫不知其所往，足茧荒山转愁疾^㉖！

[注释]

①本篇为大历二年(767)在夔州作。公孙大娘，姓公孙的女艺人，开元中以善舞剑器称名一时。剑器，唐代"健舞"之一。健舞即"武舞"，与"文舞"相对，动作迅速激烈，有雄健之美。公孙大娘弟子，即诗序中所说的李十二娘。

②夔府：夔州都督府，府治在今重庆奉节。别驾：郡守的辅助官。元持：人名，亦有本作"元特"。临颍：县名，故址在今河南临颍县西北。

③蔚跂：雄健貌。

④开元五载：即公元 717 年。

⑤郾城：今属河南，在临颍之南。浑脱：译音，即囊袋。后为健舞曲名之一。由波斯传入的"泼寒胡戏"演化而来，舞姿粗犷。武后末年，有人把"剑器"舞和"浑脱"舞糅在一起，即名"剑器浑脱"。

⑥高头：超出。犹今所言"较……高出一头"。

⑦洎：及。外供奉：指不居宫内，随时应诏入宫表演的艺伎。

⑧圣文神武皇帝：唐玄宗的尊号。

⑨"玉貌"四句：言初见公孙舞剑器时，她"玉貌锦衣"，如今我已白头，公孙弟子也不年轻了。匪，同"非"。

⑩波澜莫二：犹言"一脉相承"。

⑪张旭:见《饮中八仙歌》注⑧。

⑫邺县:今河南安阳。西河剑器:剑器舞的一种,西河当指河西、河湟一带,为舞之产地。豪荡感激:指由剑器舞中得来的奔放勃发笔势。

⑬爥(huò霍):闪动貌。

⑭群帝:群神。骖龙翔:驾龙飞翔。

⑮江海凝清光:指舞蹈初停而剑影犹在,如江海上平静下来的波光。

⑯绛唇珠袖:前指人,后指舞。

⑰白帝:指夔府。

⑱以:根由,原委。

⑲先帝:指唐玄宗。八千人:泛言其多。

⑳初:始也,本也。

㉑五十年:自开元五年(717)至大历二年(767),恰五十年。

㉒㳽洞:本洪水广大无边貌,此与"风尘"相接喻社会动荡,指安史之乱。

㉓寒日:此诗作于冬十月,故称"寒日",亦有式微萧条之意。

㉔金粟堆:即金粟山,在奉先县东北二十里,明皇泰陵所在地。

㉕瞿塘:即瞿塘峡。石城:指白帝城,其地处瞿塘峡口。

㉖"老夫"二句:自伤漂泊。

[点评]

　　诗人幼观公孙大娘舞剑器,五十年后观其弟子李十二娘舞剑器,娓娓道来者,俱为五十年间之"风尘㳽洞"也。王室蒙尘,梨园星散,妙伎式微,诗人亦"足茧荒山"而无所依,由剑舞细事而见王朝盛衰,老杜足当"诗史"之誉耳。

赠花卿①

锦城丝管日纷纷,半入江风半入云。

此曲只应天上有,人间能得几回闻?

[注释]

①此诗约是上元二年(761)在成都作。花卿:指崔旰部将花
惊定,曾平定段子璋之乱。杜甫另有《戏作花卿歌》曰:"成
都猛将有花卿,学语小儿知姓名。"

[点评]

关于此诗之作意,多有纷争。或以为讽花卿僭作天子之
乐,或以为赞歌舞之妙,今人多从咏音乐之妙方面读之。

吹 笛①

吹笛秋山风月清②,谁家巧作断肠声。

风飘律吕相和切,月傍关山几处明③。

胡骑中宵堪北走④,武陵一曲想南征⑤。

故园杨柳今摇落⑥,何得愁中却尽生。

[注释]

①此诗约作于大历元年(766),时在夔州。

②"吹笛"句:本于南朝陈江总《秋日登广州城南楼》"秋城韵晚笛,危榭引清风"。

③月傍关山:乐府横吹曲中有《关山月》。

④"胡骑"句:以吹笳退敌事喻吹笛。刘琨为并州刺史,胡骑围之数重。琨夕乘月登楼清啸,贼闻之凄然长叹,中夜奏胡笳,贼皆流涕,人有怀土之思。向晚又吹之,贼并弃围奔走。

⑤武陵一曲:即乐府之《武陵深行》,又名《武溪深行》,东汉马援南征时所作。

⑥杨柳今摇落:笛曲有《折杨柳》,此翻其意。

[点评]

　　巧以吹笛、吹笳典事入诗。结出故国关情,千条万绪,用巧而不见,乃为大家。

江南逢李龟年^①

岐王宅里寻常见^②,崔九堂前几度闻^③。

正是江南好风景,落花时节又逢君。

[注释]

①此诗约作于大历五年(770),即杜甫去世之年。李龟年:
开元、天宝年间著名乐师。
②岐王:睿宗第四子李范。
③崔九:本篇原注曰"崔九即殿中监崔涤,中书令湜之弟"。

[点评]

　　世运之治乱、年华之盛衰,彼此之凄凉流落,俱在诗里,
又俱在言外,与字面之流丽风韵相表里,真哀感顽艳之千秋
绝调也。

西蜀樱桃也自红

房兵曹胡马①

胡马大宛名②,锋棱瘦骨成。

竹批双耳峻③,风入四蹄轻④。

所向无空阔,真堪托死生⑤。

骁腾有如此⑥,万里可横行。

[注释]

①此诗约作于开元二十八年、二十九年(740、741)间,诗人正漫游齐赵。房兵曹,名未详。兵曹,兵曹参军事的省称。胡马,泛指产于西北少数民族地区的马。

②大宛:汉西域国名,在大月氏东北,即今乌兹别克斯坦共和国境内的费尔干纳盆地。大宛产良马,尤以汗血马最为著名。

③"竹批"句:言马耳如斜削的竹管。此形容马耳的尖锐挺立。

④"风入"句:言马奔跑迅疾如乘风。

⑤无空阔:不把空阔之地当一回事。托死生:托付生命。两句写马之可乘。

⑥骁腾:骁勇快捷。

[点评]

　　杜甫善骑射,爱骏马,集中咏马之诗有十一首之多,皆"骁腾"而可观。此诗写出马之骨相、精神与才干,实寓杜甫自身之精神与襟抱,读之令人有"万里横行"之意。

绝句漫兴九首^①

（其三）

　　熟知茅檐绝低小,江上燕子故来频。

　　衔泥点污琴书内,更接飞虫打著人。

[注释]

①漫兴:兴之所至,信笔写来。此诗为组诗之一,写燕子,作于上元二年(761)居成都浣花草堂时。

[点评]

　　似怨而实怜。燕之恼人处,正可人处也。老杜卜居成都,生活安逸,方有此等好心情。

得房公池鹅①

房相西池鹅一群②,眠沙泛浦白于云。
凤凰池上应回首③,为报笼随王右军④。

[注释]

①此诗作于广德元年(763)春,时赴房琯之召至汉州(今四川广汉)。据《旧唐书·房琯传》载,琯上元元年(760)四月以礼部尚书出为晋州刺史,八月改汉州刺史,宝应二年(即广德元年)四月,特拜进刑部尚书。杜甫至汉州时,房琯已启程,故未遇。与之同游汉州的是房琯继任王汉州及杜绵州等。房公池:房琯初牧汉州时所凿之官池,又名房公西湖或西湖,在城西。

②房相:房琯。曾在安史之乱初起时拜相,陈陶兵败后罢相。西池:即房公池。

③凤凰池:禁苑中池沼,代指朝廷。

④笼随王右军:用晋王羲之好鹅典事。右军将军王羲之性好鹅,闻山阴道士处有好鹅十余,往求市易,道士言府君若能自屈书《道德经》各两章,便合群以奉。羲之住半日,为写毕,笼鹅而去。此扣题中一"得"字。

[点评]

名曰"得鹅",实乃贺友。贺友人房公在罢相六年后重返朝廷。此番杜甫虽访友未及见,然仍是一副好心情,把得鹅之事写得诙谐活泼。可叹房琯经绵州、梓潼至阆州卧病,未及出川便于八月四日辞世,终未能由凤凰池上"回首"也。

舟前小鹅儿①

鹅儿黄似酒,对酒爱新鹅。

引颈嗔船逼②,无行乱眼多。

翅开遭宿雨,力小困沧波。

客散层城暮,狐狸奈若何。

[注释]

①此诗写作背景同前,可与上首相参读。原注曰:"汉州城西北角官池作。"官池,即房公湖。
②引颈:此写鹅之嗔怒态。

[点评]

杜甫以酒色状鹅黄,首开鹅、酒互喻之例。"鹅儿黄似酒",正信手拈来之句也。然小鹅儿之毛色、意态,及群游众多之状,并诗人之怜惜之情,无不跃然纸上,正透见诗人写情状物之妙也。

绝句漫兴九首^①

（其九）

隔户杨柳弱袅袅，恰似十五女儿腰。

谁谓朝来不作意^②，狂风挽断最长条。

[注释]

①此诗作于上元二年(761)春，时在经营成都浣花草堂之次年，生活安逸，心情愉快。

②作意：称意，得意。

[点评]

　　此诗咏柳。以"腰"状柳，始于北周庾信，老杜更翻进一层，称杨柳以"十五女儿腰"，于极直白、极大胆中开出生面。

野人送朱樱^①

西蜀樱桃也自红,野人相赠满筠笼^②。

数回细写愁仍破,万颗匀圆讶许同。

忆昨赐霑门下省,退朝擎出大明宫^③。

金盘玉箸无消息^④,此日尝新任转蓬。

[注释]

①此是上元、宝应年间成都作。

②筠笼:竹篮。筠,竹的外层青皮。

③"忆昨"二句:由野人赠樱忆及朝廷赐樱。门下省,在宣政殿东,乃左拾遗所隶。大明宫,在禁苑之东,会朝所经之地。

④金盘玉箸:以帝王所用之物代指帝王。

[点评]

　　诗将野人赠樱与朝廷赐樱并写,的确寄兴遥深,而"数回"一联,写尽樱桃之可人处,令人叹为观止,真小题目而做出大文章来。

题桃树①

小径升堂旧不斜,五株桃树亦从遮。

高秋总馈贫人实,来岁还舒满眼花。

帘户每宜通乳燕②,儿童莫信打慈鸦③。

寡妻群盗非今日④,天下车书已一家⑤。

[注释]

①此诗作于广德二年(764)再至成都浣花草堂时。

②"帘户"句:可与杜甫《绝句漫兴九首》"熟知茅斋绝低小,江上燕子故来频"相参读。

③信:随意,信手。慈鸦:《拾遗记》称,乌鸦胸前生白羽者为慈。

④寡妻群盗:指代社会动乱局面。群盗蜂起,丁壮丧亡而余寡妻。

⑤车书一家:指四海一家,天下安定。

[点评]

老杜于草堂寄情颇深,故凡与草堂相关之作,多具丰腴鲜活之意趣,此诗亦然。老杜咏物之诗即便不是"半写题中景,半写题外意",亦多于题咏间别有寄托也。

严郑公宅同咏竹①

绿竹半含箨②,新梢才出墙。

色侵书帙晚,阴过酒樽凉。

雨洗娟娟净,风吹细细香。

但令无剪伐,会见拂云长。

[注释]

①此诗作于广德二年(764)秋,诗人时居成都草堂。严郑公,严武,封郑国公。

②箨(tuò 唾):笋衣。竹笋的外皮。半含箨,言竹之新生,笋衣尚未褪尽。

[点评]

此篇题下自注曰:"得香字。"知是在严武宅相聚时多人同题分韵之作。中间两联尽得新竹娟秀可人之态:写色泽陪之以"书帙",写阴凉陪之以"酒樽",既为主人添风雅,又为新竹增意趣;"娟娟净""细细香",最见新竹得雨因风之佳美。体物之细腻,已令人称叹,"无剪伐"之劝诫,更见言外之讽心也。

月^①

四更山吐月，残夜水明楼。

尘匣元开镜，风帘自上钩^②。

兔应疑鹤发^③，蟾亦恋貂裘^④。

斟酌姮娥寡^⑤，天寒耐九秋。

[注释]

①此是大历元年（766）居夔州西阁时作。
②尘匣：指布满尘埃的镜匣。钩：帘钩，喻下弦月。
③兔：传说月中有白兔。鹤发：白头发。形容老态。
④蟾：蟾蜍。传说月中有蟾蜍。恋貂裘：指畏寒。蟾蜍畏寒与上文兔疑鹤发同义，言月亮历时已久，必入老境。
⑤姮娥：嫦娥。传说嫦娥偷灵药，飞入月宫。

[点评]

　　首联情景兼胜，用字工巧，苏轼誉为"古今绝唱"。后三联平淡浅俗，纪昀以为"全入恶趣"，虽言过其实，却也不无道理。诗圣之诗亦未必句句皆圣。

八月十五夜月二首①

满目飞明镜,归心折大刀②。

转蓬行地远③,攀桂仰天高④。

水路疑霜雪,林栖见羽毛。

此时瞻白兔⑤,直欲数秋毫⑥。

稍下巫山峡,犹衔白帝城⑦。

气沉全浦暗,轮仄半楼明。

刁斗皆催晓⑧,蟾蜍且自倾⑨。

张弓倚残魄,不独汉家营⑩。

[注释]

①此诗《杜臆》以为是大历二年(767)在瀼西作。

②折大刀:喻思归。此杜甫指思归关中。

③转蓬:喻自身漂泊。

④攀桂:指望月,相传月中有桂树。

⑤瞻白兔:望月。相传月中有玉兔。

⑥数秋毫:指月中之兔形象极为清晰。

⑦白帝城:故址在今重庆奉节东白帝山上。东汉末公孙述据

此，传言殿前井内曾有白龙跃出，因自称白帝，山为白帝山，城为白帝城。山峻城高，如入云端。

⑧刁斗：以铜为之，军中用其昼炊饭食，夜击以警夜。

⑨蟾蜍：指月。传说月中有蟾蜍。

⑩"张弓"二句：言边地警事未息。

[点评]

　　此中秋望月之作。上首写圆月初上，下首写月移将晓。漂泊他乡的凄苦，"日近长安远"的叹恨，俱在不言中。"攀桂仰天高"，既言天中月高，亦寓攀桂不得；末之"张弓倚残魄"，仍见居止无定意。

江山胜迹

西岳峻嶒何壮哉

望 岳①

（岱宗）

岱宗夫如何②？齐鲁青未了③。

造化钟神秀④，阴阳割昏晓⑤。

荡胸生层云⑥，决眦入归鸟⑦。

会当凌绝顶，一览众山小⑧！

[注释]

①此诗作于进士下第后漫游齐赵时期。杜集中有《望岳》诗
三首，分咏东岳、南岳、西岳。本篇为咏东岳之作。东岳泰
山，在今山东泰安北。

②岱宗：五岳之首，是对泰山的尊称。

③齐鲁：春秋时两国名，在今山东境内。未了：不尽。意谓泰
山之青色在齐鲁之境皆能看到。

④造化：大自然。钟：聚集。神秀：此以神秀指泰山。

⑤阴：指山北。阳：指山南。割昏晓：指在同一时间内山南山
北判若晨昏。极写山之高峻。

⑥"荡胸"句：言山中层云迭起，荡人襟胸。

⑦决：开裂。眦：眼角。入：指收入眼中。

⑧"一览"句：孔子登东山而小鲁，登泰山而小天下。此用其

意。

[点评]

　　此诗虽是早期作品,但已见出雄浑警拔之格调。旧说于此诗抑扬不一,或以为"直与泰岱争衡",或以为"此诗妙在起,后六句不称"。

登兖州城楼①

东郡趋庭日②,南楼纵目初③。

浮云连海岱④,平野入青徐⑤。

孤嶂秦碑在⑥,荒城鲁殿余⑦。

从来多古意,临眺独踌躇⑧。

[注释]

①此诗当是开元二十五年(737)下第后游齐赵时所作。兖州,今属山东,唐时治所在瑕丘。

②东郡:隋大业初,改兖州为东郡。趋庭:典出《论语·季氏》"鲤趋而过庭"。孔子的儿子孔鲤趋庭受父训。杜甫至兖州省父杜闲,故云。杜闲时为兖州司马。

③南楼:指兖州南城楼。

④海岱:指东海、泰山。

⑤青徐：青州、徐州。

⑥孤嶂：指峄山。在今山东邹县境。秦碑：指秦始皇二十八年东巡时所立峄山碑。

⑦荒城：指曲阜。今属山东。鲁殿：鲁恭（《史记》作"共"）王所建鲁灵光殿。在曲阜东二里。

⑧踟蹰：徘徊。

[点评]

　　虽是杜公少时之作，已是老成之相。格律谨严，允为楷式。第无事而即古，虽气象不凡，感慨遥深，其感人也终不及《登岳阳楼》诗。盖为吊古而吊古，总不如因伤今而吊古之感人也。古来吊古诗之感人者，皆托古以讽今，所以能有感于今人也。

　　然杜甫二十五岁之所作，已远胜于乃祖杜审言也。不妨将杜审言之《登襄阳城》录下，以供对读：

> 旅客三秋至，层城四望开。
>
> 楚山横地出，汉水接天回。
>
> 冠盖非新里，章华即旧台。
>
> 习池风景异，归路满尘埃。

陪李北海宴历下亭①

　　东藩驻皂盖②，北渚凌清河③。海右此亭古，济南名士多④。云山已发兴，玉佩仍当歌⑤。修竹不受暑，交流空涌波⑥。蕴真惬所欲⑦，落日将如何⑧？贵贱俱物役，从公难重过⑨！

[注释]

①此诗作于天宝四年（745）。李北海，李邕，时为北海太守，是著名文豪兼书法家，素为李林甫所忌，天宝六年正月就郡杖杀之。北海，即今山东青州。天宝元年至乾元元年称北海郡。历下，今山东济南。以有历山得名。历下亭，在济南大明湖。

②东藩：指北海郡。以在京师之东，故称。皂盖：指李邕郡守身份。

③"北渚"句：言自北渚乘舟经清河往游历下亭。

④海右：方位以西为右，以东为左。齐地位于海之西，故称海右。此二句作为楹联，至今仍刊于历下亭柱上。

⑤玉佩：指侑酒歌伎。此以人之饰物指人。当歌：当筵而歌。当，对也。

⑥交流：指历水与泺水。二水同入鹊山湖。两句言有竹却暑，无须流水涌波生凉。

⑦蕴真:指蕴含自然真趣。

⑧"落日"句:叹流光易逝。

⑨贵:指李北海。贱:自指。物役:为物情所驱使。重过:再聚首。两句叹盛宴难再,后会无期。

[点评]

　　侍宴之作,应景文章,原无太多可赏。然篇中"海右"一联,称颂得体,尤为古今济南人士所看重,亦文以人传,景以文传也。

同诸公登慈恩寺塔①

　　高标跨苍穹,烈风无时休。自非旷士怀,登兹翻百忧②。方知象教力③,足可追冥搜④。仰穿龙蛇窟,始出枝撑幽⑤。七星在北户,河汉声西流。羲和鞭白日,少昊行清秋⑥。秦山忽破碎,泾渭不可求。俯视但一气,焉能辨皇州⑦?回首叫虞舜,苍梧云正愁⑧。惜哉瑶池饮,日晏昆仑丘⑨。黄鹄去不息,哀鸣何所投⑩?君看随阳雁,各有稻粱谋⑪!

[注释]

①此诗约作于天宝十一年(752)前后。题下自注曰:"时高

适、薛据先有此作。"可知"同"乃奉和意。慈恩寺：在今陕西西安。唐高宗为太子时为其母所建。寺塔一名大雁塔,玄奘以藏梵本佛经。

②高标：指物体所达到的高度。此谓塔顶。

③象教：佛教。

④冥搜：搜访及于幽远之处。

⑤"仰穿"二句：言登塔时始如穿于龙蛇洞窟,幽暗阴凉。盘旋而上,方见光明。

⑥"七星"四句：写天空景象,以显寺塔之高。七星,指北斗。河汉,银河。羲和,太阳的驭手。神话传说羲和驾六龙之车载太阳行于天空。少昊,传说为黄帝之子,是主管秋天的神。

⑦"秦山"四句：写由塔顶俯视之情景。秦山,终南山。忽破碎,俯视不见其高,众峰犹如碎裂而平夷。泾渭,二水名。一水清而一水浊,此言视之遥远,故不辨清浊。皇州,指长安。

⑧"回首"二句：写回首南眺。虞舜,姚姓,号有虞氏,名重华。继尧位为帝,在位四十八年。苍梧,舜之葬地。慈恩寺塔在长安东南,前俯视"皇州"是面向西北,此南向,故曰"回首"。

⑨"惜哉"二句：写西眺。瑶池饮,用西王母宴周穆王事。

⑩"黄鹄"二句：即上文所言"翻百忧",喻前景不明。

⑪随阳雁：雁为候鸟,秋南飞,春北飞。稻粱谋：求食之谓。

[点评]

　　登塔诸公,除高、薛外,尚有岑参、储光羲。诗中四方之眺,或纪实景,或用典事,"声""鞭""行"等处,下字颇有力度。末之"黄鹄"云云,由登眺而别有生发,最见老杜风格。

陪诸贵公子丈八沟
携妓纳凉晚际遇雨二首^①

落日放船好,轻风生浪迟。

竹深留客处,荷净纳凉时。

公子调冰水^②,佳人雪藕丝^③。

片云头上黑,应是雨催诗。

雨来霑席上,风急打船头。

越女红裙湿,燕姬翠黛愁。

缆侵堤柳绿,幔卷浪花浮。

归路翻萧飒,陂塘五月秋。

[注释]

①此诗作于长安求仕时期。

②调冰水:调制冰镇饮料。我国自周代起便有冬日藏冰以供
夏用的传统,宋代以后窖冰由国家行为转变为市场行为,可
以私家出售。

③雪藕丝:切藕作细丝。

[点评]

写纳凉遇雨事,放船、归舟首尾照应,章法紧密,场面热闹,见杜公叙事状物之巧。

春宿左省①

花隐掖垣暮②,啾啾栖鸟过③。

星临万户动④,月傍九霄多⑤。

不寝听金钥⑥,因风想玉珂⑦。

明朝有封事⑧,数问夜如何。

[注释]

①此诗作于乾元元年(758)春,时任左拾遗。宿,值宿,值班。左省,指门下省。以东为左,门下省位于禁中之东,故有此称,亦曰左掖。左拾遗之职隶属门下省。

②掖垣:禁墙。

③过:读作平声。

④万户:据《汉书》称,建章宫有千门万户。此言宫殿门户之多。动:星光闪动。

⑤"月傍"句:言今夜中天月色明朗。

⑥听金钥:听宫门开启之声。言下谓想着天亮上朝之事。

⑦"因风"句:风动铎铃鸣响,因而联想到百官上朝乘马的玉珂之声。珂,贝类,可为马饰。

⑧封事:奏本。汉制,密奏以皂囊封笏版,曰封事。

[点评]

首联写日暮,颔联写夜半,腹联写不寐之思,尾联写明朝之念,层层铺排中,特见老杜忠谨之貌,拳拳之心。"星临万户动,月傍九霄多"是全诗之眼,最为矫健;"动"字、"多"字又是句中之眼,最为精练。

曲江二首①

一片花飞减却春,风飘万点正愁人。

且看欲尽花经眼,莫厌伤多酒入唇。

江上小堂巢翡翠②,苑边高冢卧麒麟③。

细推物理须行乐④,何用浮名绊此身?

朝回日日典春衣⑤,每日江头尽醉归。

酒债寻常行处有⑥,人生七十古来稀。

穿花蛱蝶深深见⑦,点水蜻蜓款款飞⑧。

传语风光共流转,暂时相赏莫相违!

[注释]

①此诗作于乾元元年春(758)左拾遗任上。

②翡翠:亦称翠雀。雄赤曰翡,雌青曰翠。

③苑:指芙蓉苑,在曲江。卧麒麟:指卧于墓道的石雕麒麟。

④物理:指自然规律。

⑤朝回:退朝回家。

⑥寻常:平常。亦作量度单位。八尺为寻,倍寻曰常。与下文"七十"成借对。

⑦深深见:即深深现。忽隐忽现。

⑧款款:犹"缓缓"。

[点评]

　　此是曲江闲行遣闷之作。以仕不得志而有感于暮春也。前首因伤春而欲及时行乐,盖因朝中不见信用而故作旷达语,意似《绝句漫兴九首》其四之"莫思身外无穷事,且尽生前有限杯",皆非本意。首联伤春,冠绝今古。后首亦感春之作,意亦及时行乐,故典衣沽酒,尽醉而归,似极淡泊无求。

望　岳①

（西岳）

西岳崚嶒竦处尊②，诸峰罗立如儿孙。

安得仙人九节杖③，拄到玉女洗头盆④？

车箱入谷无归路⑤，箭栝通天有一门⑥。

稍待西风凉冷后，高寻白帝问真源⑦。

[注释]

①乾元元年（758）六月，杜甫由左拾遗贬华州司功参军，诗即华州赴任途中所作。岳，指西岳华山，在今陕西华阴城南秦岭北侧。山上风景集中区的东、西、南、北、中五峰拔地而起，耸立于群山中，如一朵盛开的莲花。

②崚嶒：高峻貌。竦处：最高处。

③仙人九节杖：《列仙传》载，王烈授赤城老人九节苍藤竹杖，行地马不能追。

④玉女洗头盆：华山景点之一，在中峰。

⑤"车箱"句：写车箱谷，在华山北峰群仙观至聚仙台之间，深不可测。

⑥箭栝：箭栝峰。今华山景区无箭栝峰，唯北峰至中峰、西峰之分道处有通天门，又名金锁关。

⑦白帝：传说少昊为白帝，治西岳，此以代指华山。真源：华山最高峰为南峰，即落雁峰。峰顶有仰天池，池水雨天不溢，旱季不涸。杜甫或即指此。

[点评]

　　清人或以为老杜诗"晚则颓放"，此诗实已开"颓放"一格，所谓"险语破鬼胆"也。杜诗有律法森严格，亦有颓然自放格，前者有迹可循，后者则如"羚羊挂角"，实不易求而学之也。"诸峰罗立（一作列）如儿孙"，以人之长幼形容山之高下，是老杜创语。

九日蓝田崔氏庄①

老去悲秋强自宽②，兴来今日尽君欢。

羞将短发还吹帽③，笑倩旁人为正冠。

蓝水远从千涧落④，玉山高并两峰寒⑤。

明年此会知谁健？醉把茱萸仔细看⑥。

[注释]

①此是乾元元年（758）为华州司功时至蓝田而作。华州至蓝田八十里。九日，农历九月九日，为重阳节。蓝田，今属陕西。崔氏庄，崔氏庄园。杜甫另有《崔氏东山草堂》诗。

②悲秋:语本宋玉《九辩》"悲哉秋之为气也,萧瑟兮草木摇落而变衰"。

③吹帽:用龙山落帽故事。晋桓温九日会宾僚于龙山,孟嘉在座,风吹其帽落而不觉,桓温令孙盛作文嘲之,嘉即时作答,文辞佳妙,四座叹服。

④蓝水:即蓝溪。源出商县西北秦岭,流经蓝田。

⑤玉山:即蓝田山。因产美玉,故亦名玉山。在蓝田县东。

⑥茱萸:一种药性植物。旧俗,九日登高,头插结籽的茱萸枝,饮菊花酒。

[点评]

　　首联破题,题意尽在"老去"而"兴来",故能"强自宽"而"尽君欢"。中二联写兴会登高,对景开怀,承题敷陈。然其宽者乃"强自宽",非真宽也,故结联复归于叹老悲秋。惟其委曲尽情,故意味深长,悠然无穷。

秦州杂诗①

（其七、其十三）

莽莽万重山，孤城石谷间。

无风云出塞，不夜月临关②。

属国归何晚③，楼兰斩未还④。

烟尘一长望，衰飒正摧颜⑤。

传道东柯谷⑥，深藏数十家。

对门藤盖瓦，映竹水穿沙。

瘦地翻宜粟，阳坡可种瓜。

船人近相报，但恐失桃花。

[注释]

①此是乾元二年(759)杜甫华州弃官往秦州时作。秦州，今甘肃天水。

②不夜：月光如昼。

③"属国"句：用苏武事。苏武出使匈奴，被羁留十九年，归汉后官拜典属国。此时大约有唐使入吐蕃而被羁留者。

④"楼兰"句：用傅介子事。介子于汉昭帝时出使大宛，计斩

楼兰王头而还,诏封义阳侯。此句希望唐使臣能如傅介子。

⑤摧颜:愁损容颜。

⑥东柯谷:在秦州东南。

[点评]

　　《秦州杂诗》二十首,老杜弃官游秦之作,或游览,或感怀,或即事。"莽莽"一联起笔突兀,"无风"一联亦称警绝奇迥,为前人所赏。"东柯谷"之诗全以"传道"为文,末以"失桃花"句喻其为桃源佳胜之地,亦清丽可人。《天水图经》载,秦州陇城县有杜工部故居,在东柯谷之南,当是杜甫暂寓之所。

宿赞公房①

杖锡何来此②,秋风已飒然。

雨荒深院菊,霜倒半池莲。

放逐宁违性③,虚空不离禅④。

相逢成夜宿,陇月向人圆⑤。

[注释]

①此诗当是乾元二年(759)晚秋在秦州作。赞公,题下原注:"赞,京师大云寺主,谪此安置。"

②杖锡:执锡杖。禅家以锡为杖。又名智杖、德杖。又称游方僧为飞锡,安住僧为挂锡。

③"放逐"句:杜公与房琯为布衣交。及房琯罢相,公上疏争之,亦几获罪,由此龃龉流落。赞亦房相之客,时被谪秦州,公故与之款曲如此。句言放逐僻地并不违背赞公求法悟空之本性。

④离:读去声。

⑤"陇月"句:用释家"月印万川,处处皆圆"之意。

[点评]

由迁谪起笔,以"陇月""圆"之,虽赞公处菊荒莲倒,满目萧然,然亦不违释家本性也。"荒"字、"倒"字,瘦硬生新,已开宋诗先声。全诗劲健圆转,蕴含禅机,有"虚空"而耐人玩味处。

剑　门

　　惟天有设险，剑门天下壮②。连山抱西南，石角皆北向③。两崖崇墉倚，刻画城郭状④。一夫怒临关，百万未可傍⑤。珠玉走中原，岷峨气凄怆⑥。三皇五帝前，鸡犬各相放⑦。后王尚柔远，职贡道已丧⑧。至今英雄人，高视见霸王⑨；并吞与割据，极力不相让⑩。吾将罪真宰⑪，意欲铲叠嶂⑫！恐此复偶然，临风默惆怅。

[注释]

①剑门：唐属剑州。又名大剑山，古称梁山、高梁山。山脉东西横亘百余公里，七十二峰绵延起伏，形如利剑，高耸入云。峭壁中断处，两壁相对如门，故称"剑门"。诸葛亮相蜀，凿石架飞梁阁道，以通行路，故又称"剑阁"。今称剑门关，在今四川剑阁县北二十五公里处，是川陕公路所经的要隘。杜甫于上元元年（760）入蜀赴成都，途经剑门，识其险要。诗当作于入蜀后两年之内。

②"惟天"二句，写剑门之险且壮。古来有"剑门天下险"之说。

③"连山"二句：写剑门地形地貌。

④"两崖"二句:写剑门两侧悬崖的形状,两边绝壁如城墙,崖上石形如刻画而成的城郭雉堞。墉(yōng 拥),城墙,高墙。

⑤"一夫"二句:语同李白《蜀道难》"一夫当关,万夫莫开"。

⑥"珠玉"二句:言如果蜀中财物尽输朝廷,蜀中人气将受损伤,从而背离朝廷。岷峨,岷山与峨眉山,代指蜀地。

⑦三皇:指伏羲、神农、燧人。五帝:指黄帝、颛顼、帝喾、帝尧、帝舜。鸡犬相放:鸡犬放养,自由来去。两句言上古时代是一种不加束缚的自然状态。

⑧柔远:怀柔远方。职贡:职方的贡物。两句言后王治世,要地方物,便失远古治世之道。

⑨霸王:霸道与王道。霸道指国君凭借武力、刑罚、权势等进行统治,王道指以仁义治天下。

⑩"并吞"二句:所言是以霸道治天下的方法。

⑪真宰:上天。

⑫铲叠嶂:言其易成为割据者的凭借,故欲铲之。

[点评]

借剑门为题,以讽时事。在纪游之作中借名胜以议论时局,关怀政治,可谓别具一格。

卜 居①

浣花溪水水西头②,主人为卜林塘幽③。

已知出郭少尘事④,更有澄江销客忧。

无数蜻蜓齐上下,一双𪀖鶒稣对沉浮。

东行万里堪乘兴,须向山阴上小舟⑤。

[注释]

①此诗作于上元元年(760)春,记卜居成都浣花草堂事。

②浣花溪:在成都西郭外,一名百花潭。

③主人:杜甫自谓。

④出郭少尘事:即晋陶渊明《归园田居》"野外罕人事"之意。

⑤"东行"二句:言溪水可直通山阴。东行万里:浣花溪之东
有万里桥,乃三国时诸葛亮送费祎处。

[点评]

　　记卜居事。写所勘居处之清幽,所居环境之生趣,深见
称意愉悦之情。然诗以溪水东泻、万里可达东吴作结,亦见
出老杜并不想终老于蜀地。

江山胜迹·西岳峥嵘何壮哉

⊙

南　楚①

南楚青春异②,暄寒早早分③。

无名江上草,随意岭头云。

正月蜂相见,非时鸟共闻④。

杖藜妨跃马,不是故离群。

[注释]

①此是大历元年(766)初春在云安作。南楚,指云安,以其在楚之西南。云安唐时属夔州,故城在今四川云阳县东北。
②青春:即春。异:特殊,不同于他地。
③暄:暖。
④"正月"二句:写南楚早春之暄暖景象。

[点评]

　　诗之妙处全在尾联,言"杖藜妨跃马",杖藜老翁自难跃马,而用一"妨"字,便见出诙谐幽默意,补之以"不是故离群",更见出老翁之少年心也。想杜甫由骑射高手变成杖藜翁,真令人有人生苦短之叹。

白帝城最高楼^①

城尖径仄旌旆愁^②，独立缥缈之飞楼^③。

峡坼云霾龙虎卧^④，江清日抱鼋鼍游^⑤。

扶桑西枝对断石^⑥，弱水东影随长流。

杖藜叹世者谁子^⑦，泣血迸空回白头。

[注释]

①此是大历元年（766）迁居夔州后所作。白帝城：在今四川
奉节之东白帝山上，公孙述据蜀称帝时所建。

②径仄：山路倾斜不平貌。

③独立：独自立于城楼上。飞楼：高楼。

④坼：开裂。霾（mái 埋）：阴沉。此指覆盖。

⑤鼋鼍（yuán tuó 元陀）：大鳖和鳄鱼。

⑥扶桑：神话传说中日出之处的神树。

⑦杖藜：拄藜杖。谁子：谁人。实是作者自指，故意设问。

[点评]

　　此诗特色在于以古诗笔法、文章笔法写律诗。"独立缥
缈之飞楼""杖藜叹世者谁子"，皆非律句常法也。世间之
物，其初成也生，炒之则熟，太熟则变，反求其生气。诗律亦
然，由粗而细，细极则变，求其粗犷。此乃杜律细极而求新变

者。或谓以古体入律,或谓以歌行入律,或谓拗体,或谓句法似古,对法似律,皆知为律之变体也。其以古文之音节句法变律,打破平仄规律,为中唐韩愈所效法,更为宋之苏轼、黄庭坚所光大。

登岳阳楼①

昔闻洞庭水,今上岳阳楼。

吴楚东南坼②,乾坤日夜浮③。

亲朋无一字,老病有孤舟。

戎马关山北④,凭轩涕泗流⑤。

[注释]

①此诗作于大历三年(768)冬十二月,时杜甫由公安漂泊到岳阳。岳阳楼,湖南岳阳城西门楼,西临洞庭湖。

②吴楚:春秋二国名,地处长江中下游。坼:分开。

③"乾坤"句:形容湖面之广阔。

④戎马:指战争。时北方有抗击吐蕃的战争。

⑤凭轩:倚靠楼窗。涕泗:眼泪和鼻涕。

[点评]

　　诗以颔联最为警策。写洞庭湖之地势境界,沉雄阔大,气象万千,可敌范仲淹一篇《岳阳楼记》,乃千古之绝唱。腹联作情语,索寞幽渺,诗境由阔大一变而为狭小,强烈反差,情景相得益彰。结联大小合一,国仇家恨集于一身,化为涕泗,流入洞庭,亦善于作结者也。

宿白沙驿^①

水宿仍馀照,人烟复此亭^②。

驿边沙旧白,湖外草新青。

万象皆春气,孤槎自客星^③。

随波无限月,的的近南溟^④。

[注释]

①此是大历四年(769)二月杜甫经洞庭湖、青草湖入湘水,江行赴潭州(今湖南长沙)时作。白沙驿,属岳州,唐时所建。

②亭:白沙驿之驿亭。

③"孤槎"句:传说天河与海相通,汉代有人乘槎到天河,遇牵牛、织女。归问严君平,君平曰:某年月日有客星犯牵牛宿,正是此人到达天河之时。此言孤槎泛夜,如行于天河。

④的的:犹"真真",明白、昭著之意。南溟:南海。

[点评]

　　写出江行之美妙。虽已泊舟投宿江驿,但落日之余晖仍映在江中。此时惠风和畅,春气怡人,于是诗人带着欢娱的心情写出了"驿边沙旧白,湖外草新青"的俏皮诗句。"沙旧白""草新青"一方面是纪实之景,一方面又是白沙驿和青草湖两处地名的倒装拆用,所以很巧妙。下四句以孤槎客星自比,顿使湘江行变成天河行,高洁雅丽而空灵。诗中全不见人间烟火,有圣洁之美。

发潭州①

夜醉长沙酒,晓行湘水春。

岸花飞送客,樯雁语留人。

贾傅才未有②,褚公书绝伦③。

名高前后事,回首一伤神。

[注释]

①此是大历四年春由潭州往衡州(今湖南衡阳)时所作。潭州,治所即今湖南长沙。

②贾傅:贾谊。西汉文帝时政治家,后出为长沙王太傅。此句杜甫自言才逊于贾谊。

③褚公:褚遂良。唐初书法家,工隶楷,高宗时为右仆射,谏立武昭仪为后,左迁潭州都督。此句杜甫自谓书法能敌褚遂良。

[点评]

　　杜甫自谓"颇学阴何苦用心",此诗即见其学何逊处。南朝梁何逊有诗曰"岸花临水发,江燕绕樯飞",杜甫"岸花飞送客,樯燕语留人"即由何句生发。然何诗限于白描,杜诗则更富于层次:岸花飞,正为舟行迅速,因此于舟中观之岸花才有飞动之感;樯燕留人,实乃樯燕逐船。从对面着笔,诗便多了一层意趣,也多了一层动态的美。

宗族亲情

忆弟看云白日眠

月 夜^①

今夜鄜州月^②,闺中只独看。

遥怜小儿女,未解忆长安。

香雾云鬟湿,清辉玉臂寒^③。

何时倚虚幌^④,双照泪痕干?

[注释]

①此诗作于天宝十五载(756)八月。时长安已陷落,作者由鄜州投奔灵武肃宗行在,途中为叛军所俘,押至长安。诗即身陷长安时所作。

②鄜州:今陕西富县。安史乱起,杜甫将家室安置于鄜州羌村。

③清辉:指月光。

④虚幌:薄而透明的帷幔。

[点评]

　　此老杜集内名篇,也是最缠绵绮丽的一篇。诗不说己之思闺中妻室,而说妻室望月思君;不说己之思儿女,而怪小儿女未解忆长安父亲。诗文忌直而贵曲,此即委婉曲达之法也。"

一百五日夜对月^①

无家对寒食^②,有泪如金波。

斫却月中桂^③,清光应更多。

仳离放红蕊^④,想像颦青蛾^⑤。

牛女漫愁思,秋期犹渡河^⑥。

[注释]

①此诗作于至德二载寒食节,时杜甫为安史叛军所俘,身陷长安。一百五日,即寒食日,通常在清明前一或二日。

②无家:实指与家人隔阻。

③"斫却"句:用吴刚月中伐桂的民间传说。

④仳离:别离。放红蕊:指寒食花开。

⑤青蛾:即黛眉。代指妻子。

⑥"牛女"二句:以牛郎、织女二星七夕渡天河相会,反衬自己不得与妻子相见。

[点评]

　　此对月思家之作。尤以颔联最见奇思。"斫却月中桂",以其有碍相思也;乞清光更多,正见思情之切也。故腹联从对方着笔,写妻子独对春花,必以相思而颦蛾眉也。"牛女"一联,亦对月望天所得,以牛女相会有期,喻人世之相会无期,亦是巧句。

月夜忆舍弟^①

戍鼓断人行^②,边秋一雁声^③。

露从今夜白^④,月是故乡明。

有弟皆分散,无家问死生^⑤。

寄书长不达,况乃未休兵^⑥。

[注释]

①此是乾元二年(759)秋于秦州作。杜甫有四弟:颖、观、丰、占。此时唯占相随,余散在山东、河南,故有此忆。
②戍鼓:指将夜时分戍楼上所敲禁鼓,禁人夜行。
③一雁:孤雁。
④露从今夜白:即今夜是白露。白露,二十四节气之一,在每年阴历九月八日前后。
⑤无家:指无处打听消息,音讯不通。
⑥未休兵:指安史之乱尚未平定。

[点评]

　　乱离之世,骨肉分散,存亡难保,肝肠断绝,只用浅浅语道来,便令人凄楚不忍卒读。

恨　别^①

洛城一别四千里^②,胡骑长驱五六年^③。

草木变衰行剑外^④,兵戈阻绝老江边^⑤。

思家步月清宵立,忆弟看云白日眠。

闻道河阳近乘胜^⑥,司徒急为破幽燕^⑦。

[注释]

①此诗当是上元元年(760)在成都作。

②洛城:洛阳城。四千里:言洛阳距成都路途之遥。

③胡骑(jì记):指安史叛军。

④剑外:即剑南。剑门以南,今四川中部。

⑤江边:指锦江边。

⑥河阳:即河内。故地在今河南孟州市。河阳近乘胜,指李
光弼破史思明,收复河阳。

⑦司徒:指李光弼。至德二载,加光弼检校司徒之衔。幽燕:
今北京一带。当时为安史老巢。句意期待李光弼平定叛乱。

[点评]

　　"恨别"有二义,一为别故乡之恨,一为别兄弟之恨。首
言因乱而别,次言别故乡,又次言别兄弟,结联转恨为喜为期
盼,盼平乱后归乡里,兄弟团聚。脉络清楚,结构严谨。

宗武生日①

小子何时见②？高秋此日生。自从都邑语③，已伴老夫名④。诗是吾家事，人传世上情⑤。熟精文选理，休觅彩衣轻⑥。凋瘵筵初秩，欹斜坐不成⑦。流霞分片片⑧，涓滴就徐倾⑨。

[注释]

①此诗作于夔州时期。宗武，杜甫幼子。

②何时见：犹"何时现"，何时出世。

③都邑：此指成都。此句谓宗武入蜀后已学会了当地方言。

④"已伴"句：言宗武在为父的朋友圈中已小有诗名。

⑤"诗是"二句：杜甫的祖父是初唐著名诗人，自己更以诗著称，此处勉励儿子要继承家学。

⑥文选：梁昭明太子萧统所编古人文辞诗赋选集。彩衣：老莱子典事。老莱子行年七十而双亲犹在，故着彩衣为儿戏以娱亲。杜甫希望儿子精熟《文选》以绍家学，不必行老莱子斑衣娱亲之孝道。

⑦凋瘵(zhài 债)：病肺。因肺疾而形容枯槁。瘵，肺结核病。筵初秩：酒筵初开。秩，秩序井然貌。欹(qī 欺)斜：倾侧。两句言刚入筵席，便已欹斜不秩，不为醉酒，实为病肺。

⑧流霞：指酒。

⑨涓滴：言饮量之少。病肺不得多饮。

[点评]

　　杜甫有二子，长曰宗文，少曰宗武。杜公于少子犹多喜爱，故多见诸歌咏。此于少子生日之际，勉其弘扬祖业，绍继家学，而不必以承欢膝前为孝，在"欹斜坐不成"的病苦之境中能出此言，足见拳拳爱子之心。

吾　宗①

吾宗老孙子②，质朴古人风③。

耕凿安时论④，衣冠与世同。

在家常早起，忧国愿年丰。

语及君臣际，经书满腹中。

[注释]

①此诗旧注编在大历元年（766）。题下原注："卫仓曹崇简。"崇简是襄阳杜氏（始于杜逊）中的一房，具体世系序列未明。吾宗，效《诗经》古例，以诗之首二字为题。

②老孙子：言崇简乃其祖之孙并与自己同宗，此句写宗族传承。

③古人风：安时处顺，勤家忧国，皆所谓质朴古风也。

④耕凿:用古《击壤歌》:"凿井而饮,耕田而食,帝力于我何有哉"诗意。

[点评]

写出人物的古澹性格和儒学修养,清晰如见,更有画图所不能传达者。

元日示宗武①

汝啼吾手战,吾笑汝身长②。处处逢正月,迢迢滞远方。飘零还柏酒③,衰病只藜床④。训谕青衿子⑤,名惭白首郎⑥。赋诗犹落笔⑦,献寿更称觞⑧。不见江东弟,高歌泪数行。

[注释]

①此诗当是大历三年(768)正月元日作。宗武,见前诗注①。

②"汝啼"二句:此处抒发父子相互关切之情。

③柏酒:正月一日旧有饮椒柏酒之俗。

④藜床:喻贫寒。三国魏人管宁家贫,坐藜床欲穿而读书不辍。

⑤青衿子:指宗武。

⑥白首郎:汉颜驷白首为郎。杜甫老为布衣,较"白首郎"更
逊一等,故有"名惭"之说。

⑦落笔:指笔由手中脱落,应合"手战",与"笔落惊风雨"之
"落"作"下"解不同。

⑧献寿:举酒祝寿。此句写宗武。

[点评]

　　子为父亲手战而啼,父为儿子长高而笑,在一个"处处
逢正月"的漂泊之家,如此父子之情,便是最可宝贵的财富。

老去诗篇浑漫与

漫咏杂兴

为 农①

锦里烟尘外②,江村八九家。

圆荷浮小叶,细麦落轻花。

卜宅从兹老,为农去国赊③。

远惭勾漏令,不得问丹砂④。

[注释]

①此当是上元元年(760)初夏在成都浣花草堂作。

②锦里:锦城之地。烟尘:指市井尘嚣。

③国:故乡。赊:遥远。

④勾漏令:指葛洪。葛洪为炼丹,请为勾漏令,帝许之。勾漏,亦作句漏、岣嵝,在今广西北流市,以岩穴勾曲穿漏,故名。问丹砂:葛洪著有《抱朴子》,内中多讲炼丹事。

[点评]

老杜春日卜居草堂,至初夏已见万物向荣景象,欣然有终老之志,故甘愿去国万里而为农也。"圆荷"一联,体物细腻,爱物赏心,见于笔端,是全诗之灵魂。末言"惭勾漏",意谓自己不能像葛洪一样弃世求仙,乃有意作一跌宕。

田　舍①

田舍清江曲，柴门古道旁。

草深迷市井，地僻懒衣裳。

杨柳枝枝弱，枇杷对对香。

鸬鹚西日照②，晒翅满渔梁③。

[注释]

①此首与上篇约作于同一时段，记述草堂生活之闲适。田舍，意犹"村舍"，指草堂。

②鸬鹚：水鸟名，驯顺后可以捕鱼。

③渔梁：一种捕鱼设施。以土石筑梁横截水流，中留缺口，以笱承之。鱼随水流游入笱中，不得复出。

[点评]

　　写田舍之偏僻、环境之清幽，生动而有趣。"地僻懒衣裳"，非身处其地不能得此句，最是信实；"杨柳"一联，信手拈来，亦成佳对。枇杷为圆锥花序，果实丛聚，多有对生者，而以"对对香"三字出之，便觉精练而富于美感。末之鸬鹚晒翅一笔，使全篇静中有动，顿生江村野趣。"枇杷对对香"有本作"树树香"，作"树树"者，其香韵差之远矣。

绝句漫兴九首^①

（其一、其二、其四、其五、其六、其七、其八）

眼见客愁愁不醒，无赖春色到江亭^②。
即遣花开深造次^③，便教莺语太丁宁^④。

手种桃李非无主，野老墙低还是家。
恰似春风相欺得，夜来吹折数枝花。

二月已破三月来，渐老逢春能几回。
莫思身外无穷事，且尽生前有限杯^⑤。

肠断江春欲尽头，杖藜徐步立芳洲。
癫狂柳絮随风舞^⑥，轻薄桃花逐水流。

懒慢无堪不出村，呼儿日在掩柴门。
苍苔浊酒林中静，碧水春风野外昏。

糁径杨花铺白毡⑦，点溪荷叶叠青钱。

笋根雉子无人见⑧，沙上凫雏傍母眠。

舍西柔桑叶可拈，江畔细麦复纤纤。

人生几何春已夏，不放香醪如蜜甜⑨。

[注释]

①此组绝句作于上元二年(761)春，时是卜居成都浣花草堂的第二年。组诗之三咏燕子，之九咏柳树，已另见于咏物类中。

②无赖：指春色之浓郁、繁盛。以春色突然而至，惹客心生愁，故有此怨艾之语。

③深造次：过于匆迫。

④太丁宁：过于烦琐，让人心乱。

⑤"莫思"二句：用晋张翰语，使我有身后名，不如生前一杯酒。

⑥柳絮随风舞：晋谢道韫有咏雪之句曰"未若柳絮因风起"。

⑦糁(sǎn 散)：泛指散粒状的东西。糁径，指杨花铺径。

⑧雉子：雉鸡之雏。与下句"凫雏"互文见义。

⑨香醪：犹如今之酒酿、甜米酒。

[点评]

此一组"漫兴"诗，可谓春之杂感，或怨春色恼人，或咏春之景物，或作春日之饮，散漫而各有意趣。老杜咏春之诗尤多，且极具个性。怨春色无赖，忿春风欺人，讥柳絮癫狂，恼桃花轻薄,所以出此言,皆为"江春欲尽"而令人"肠断"也。"道是无情却有情",怨春皆由惜春起。老杜面对春色,其心态恰如垂暮老者面对烂漫孩童,可以嫌他聒噪、嫌他闹腾、嫌他不谙事理,然内心所珍爱的却正是孩童种种讨嫌之处背后的稚气与天真。

春夜喜雨①

好雨知时节,当春乃发生。

随风潜入夜,润物细无声②。

野径云俱黑③,江船火独明。

晓看红湿处,花重锦官城④。

[注释]

①此诗或作于上元二年(761)春,时在成都草堂。

②润物:滋润万物。

③野径:田野中的小路。

④锦官城:指成都。

[点评]

　　句句切题,却不露痕迹。妙在情景自然熨帖,浑然一体。从"潜"字、"细"字,便知雨为春雨,非夏雨、秋雨;复以火衬夜云,以花衬晓霁,不言喜而喜在其中,写景抒情皆极细腻别致,堪称绝唱。

水槛遣心二首①

去郭轩楹敞②,无村眺望赊③。

澄江平少岸,幽树晚多花。

细雨鱼儿出,微风燕子斜④。

城中十万户,此地两三家。

蜀天常夜雨,江槛已朝晴。

叶润林塘密,衣干枕席清。

不堪祇老病,何得尚浮名。

浅把涓涓酒,深凭送此生。

[注释]

①此是上元二年(761)在成都草堂作。水槛,草堂水亭之槛,言凭槛眺望以遣心也。遣心,有本作"遣兴",意同。

②楹:两廊柱之间的距离。此处与"轩"同义,代指水亭。

③赊:远。

④"细雨"二句:由"游鱼乱水叶,轻燕逐风花"句化出。

　　首章说雨中晚景,寓情景中;次章说雨霁晓景,下四句言情。诗体物细腻,摹写恰切,由此见老杜草堂生活之闲适与惬意。其二之"叶润""衣干"句,"叶润"承"雨","衣干"顶"晴",亦格律森严而得体物之妙。

江畔独步寻花七绝句①

江上被花恼不彻②,无处告诉只癫狂。

走觅南邻爱酒伴,经旬出饮独空床。

稠花乱蕊裹江滨,行步欹危实怕春③。

诗酒尚堪驱使在④,未须料理白头人。

江深竹静两三家,多事红花映白花。

报答春光知有处,应须美酒送生涯。

东望少城花满烟⑤,百花高楼更可怜⑥。

谁能载酒开金盏,唤取佳人舞绣筵⑦。

黄师塔前江水东⑧,春光懒困倚微风。

桃花一簇开无主,可爱深红爱浅红?

黄四娘家花满蹊,千朵万朵压枝低。

留连戏蝶时时舞,自在娇莺恰恰啼。

不是爱花即欲死,只恐花尽老相催⑨。

繁枝容易纷纷落,嫩蕊商量细细开。

[注释]

①此上元、宝应(761—762)年间在成都浣花草堂作。

②彻:尽。

③欹危:指行步不稳,踉跄歪斜之状。

④诗酒尚堪驱使:指尚能作诗饮酒。

⑤花满烟:即"烟花满",人烟与春花并稠。

⑥百花高楼:当是指名为"百花楼"的酒楼。可怜:可爱。

⑦"谁能"二句:希望能预酒筵赏花。然并无设筵之人,故诗人只能望楼兴叹。

⑧黄师塔:黄姓僧人之灵塔。

⑨"不是"二句:作上二下五读。爱花欲死,少年之情;花尽老催,暮年之感。

　　七首联章，叙"寻花"种种。首章扣题，言"被花恼"，言"南邻爱酒伴""经旬出饮"，故唯有"独步"，并因"无处告诉"而"癫狂"。继以怨恼之语写春之敷腴、花之繁盛，言"稠花乱蕊""多事红花"，言"行步欹危实怕春"，然诗人并没有停下寻花的"欹危"脚步。虽有"东望少城花满烟，百花楼高更可怜"的望楼兴叹露出一缕酸楚，通篇则完完全全把读者带入了一个花的世界。末章总结前篇，乃惜花之词，而"繁枝""嫩蕊"的对句又见出"日中则移、月满则亏"的人生哲理，令人别有一番吟味。此寻花联章，确有他人笔下所不到的逸趣与风致。

三绝句①

（其一、其三）

楸树馨香倚钓矶②，斩新花蕊未应飞③。

不如醉里风吹尽，何忍醒时雨打稀。

无数春笋满林生④，柴门密掩断人行。

会须上番看成竹⑤，客至从嗔不出迎⑥。

[注释]

①此诗作于宝应元年(761),时在成都草堂。三绝句首咏楸
花、次咏鸂鹆、末咏春笋。其二已入咏物类中,其一、其三,借
物言情,不应作咏物看,故归入遣兴诗中。

②楸树:落叶乔木,树干端直,夏季开花,两唇形,白色,内有
紫斑。

③斩新:即崭新。未应飞:指楸花初开。

④林:杜公草堂周围有桤林和竹林。

⑤上番:蜀语。快速上长之意。

⑥从嗔:任其嗔怪。

[点评]

　　两章一为惜花,一为护笋。为不忍见雨打花飞,宁可取
醉;为不致碰伤竹笋,宁可"柴门密掩",断绝行路,一任来客
怪罪。

绝句二首

迟日江山丽②,春风花草香。

泥融飞燕子③,沙暖睡鸳鸯。

江碧鸟逾白,山青花欲然④。

今春看又过,何日是归年⑤?

[注释]

①此当是广德二年(764)归成都后作。

②迟日:春天的太阳。

③融:指柔软。

④然:通"燃"。

⑤"何日"句:本拟出川,却终又返回成都,故有此问。

[点评]

　　诗人描绘了一幅令人心醉骨柔的江春图:燕子因泥融而忙于筑巢,鸳鸯因沙暖故贪于安卧;鸟飞于碧江之上,故愈显其白,花开于青山之间,故愈发红艳亮眼。

绝句四首^①

（其一、其三）

堂西长笋别开门^②，堑北行椒却背村^③。

梅熟许同朱老吃^④，松高拟对阮生论^⑤。

两个黄鹂鸣翠柳，一行白鹭上青天。

窗含西岭千秋雪^⑥，门泊东吴万里船^⑦。

［注释］

①此当是广德二年（764）重归草堂作。

②"堂西"句：与《三绝句》之"无数春笋满林生，柴门密掩断人行"同一思致。

③行椒：即椒行。椒之成行者。背村：即为堑所隔。

④朱老：当即杜甫诗中提到过的"南邻朱山人"。

⑤阮生：或即隐士阮昉。

⑥西岭：即雪岭，白雪终年不化。

⑦东吴万里船：蜀人入吴者，皆从合江亭登舟，其西则为万里桥。杜诗"门泊东吴万里船"，此桥正为吴人设。

［点评］

诗人经过一段较长时间的漂泊，因严武再次镇蜀而重返成都草堂,面对生机勃勃的景象,心情十分舒畅,写下这组寓情于景的佳作,其三尤为著名。

长 吟①

江清翻鸥戏,官桥带柳阴。

花飞竞渡日②,草见踏青心③。

已拨形骸累④,真为烂漫深⑤。

赋诗新句稳,不觉自长吟⑥。

[注释]

①此是逸诗,仇兆鳌《杜诗详注》据卜圜本补,编在永泰元年(765)之春,时杜甫辞幕府之职归草堂。

②竞渡:龙舟竞渡,多在端午节举行。端午节的由来,一说源于上古祭龙习俗,一说是楚国三闾大夫屈原于五月初五投汨罗江殉国而死,所以人们在他忌日这天以竹筒贮米投江以祭,后演化为包粽子。赛龙舟,则是当年楚人划船救屈之举的演化。然划龙船显然与祭龙之俗更为贴近,恐是后人对祭龙、祭屈之事的捏合。

③踏青心:足踏青草之心。心,即芯,春草新生的芯芽。

④拨形骸:谓身世两忘。

⑤烂漫深:谓肆意游遨。

⑥"赋诗"二句:即杜甫《解闷十二首》其七之"新诗改罢自长吟"。

[点评]

　　此见老者之心。遗形骸,忘世情,惟与时推移,烂漫而游。然"诗是吾家事"(《宗武生日》),故时有"新句","不觉""长吟",此别是一种"烂漫深"也。

绝句三首①

　　闻道巴山里②,春船正好行。

　　都将百年兴,一望九江城。

　　水槛温江口③,茅堂石笋西④。

　　移船先主庙,洗药浣花溪。

　　谩道春来好,狂风太放颠。

　　吹花随水去,翻却钓渔船。

[注释]

①此诗旧注编在永泰元年(765)成都诗内。

②巴山:即大巴山。在陕西西乡县西南,支脉绵亘数百里,跨南郑、镇巴和四川东部的南江、通江等县。此以代指四川东部山岭。
③水槛:见《水槛遣心二首》注①。温江:在成都西五十里。
④石笋:石笋街,在成都西门外。

[点评]

　　三首联章,一气转下。首章,欲往荆楚而作;次章,见成都形胜,而仍事游览也;末章,见春江风急,叹不得远行也。末章与《江畔独步寻花七绝句》等咏春诗同一思致,可对读。

即　事①

　　暮春三月巫峡长②,皛皛行云浮日光③。

　　雷声忽送千峰雨,花气浑如百和香。

　　黄莺过水翻回去,燕子衔泥湿不妨。

　　飞阁卷帘图画里,虚无只少对潇湘④。

[注释]

①此是大历二年(767)居夔州西阁时作。
②巫峡:长江三峡之第二峡,此以代指三峡。
③皛皛(xiǎo 小):明洁貌。

④对潇湘：为思南下荆南而及之。

[点评]

　　景色纯净，节奏明朗，令人过目难忘。"雷声忽送千峰雨，花气浑如百和香"，必是诸般景色中给诗人印象最深者，故"先得"之说极有道理。腹联两句腰中均有一折，"翻回去"是对"黄莺过水"的转折；"湿不妨"是对"燕子衔泥"的补充，此是宋人句法之先声。

月三首①

断续巫山雨②，天河此夜新。

若无青嶂月③，愁杀白头人。

魍魉移深树④，虾蟆没半轮⑤。

故园当北斗，直想照西秦⑥。

并照巫山出，新窥楚水清。

羁栖愁里见⑦，二十四回明⑧。

必验升沉体，如知进退情⑨。

不违银汉落，亦伴玉绳横。

万里瞿塘月⑩,春来六上弦⑪。

时时开暗室,故故满青天⑫。

爽合风襟静,高当泪脸悬。

南飞有乌鹊,夜夜落江边⑬。

[注释]

①此是大历二年(767)六月上旬作,时在夔州。

②巫山:详见《秋兴八首》注②。

③青嶂月:悬于青山之上的明月。青嶂,指山。

④魍魉:传说中的山川精怪。此句言魍魉移深树以避月光,实际意思是月光明亮,使物体的阴影更加深重。魍魉,亦可指影子外圈的淡影。

⑤虾蟆:指月。没半轮:谓所见是半轮月。月朔日初生,望日圆满,半轮当在初十日前后。

⑥故园:即下文之"西秦",指长安。两句言:自己于夔州见月时,家乡正北斗临空,诗人希望自己眼中的明月也能照临家园。

⑦羁栖:作客在外寄居。

⑧二十四回明:月亮每月最后一日即晦日无见,初一日始生,二十四回明,即二十四回见月。杜甫永泰元年(765)五月离成都草堂,至此时恰是两年。

⑨升沉、进退:升沉,谓月有出没。进退,谓月有盈亏。两句以人之际遇写月。

⑩瞿塘月:瞿塘峡之月。夔州为瞿塘峡起端。

⑪"春来"句:谓入春以来已历六个月。

⑫故故:屡屡、常常。

⑬"南飞"二句:活用魏曹操《短歌行》"月明星稀,乌鹊南飞。绕树三匝,何枝可依"诗意。落江边,正谓无枝可依。实借乌鹊自伤漂泊。

[点评]

　　成都草堂,实是杜甫的第二故乡,故离草堂东下后,便时有漂泊之叹。篇中言"二十四回明""春来六上弦",俱因漂泊无依而出。杜集内咏月之作尤多,正所谓"若无青嶂月,愁杀白头人"故也。

夜　归①

夜半归来冲虎过②,山黑家中已眠卧。

傍见北斗向江低,仰看明星当空大③。

庭前把烛嗔两炬④,峡口惊猿闻一个。

白头老罢舞复歌⑤,杖藜不睡谁能那⑥。

[注释]

①此诗作于大历二年(767),时居夔州瀼西草堂。

②冲虎过:当指归途中闻见虎啸。

③明星:启明星。

④嗔：责怪。

⑤罢：通“疲”。

⑥能那（nuò 诺）：能（把我）怎么样。那，奈何。

[点评]

　　此诗写夜归情景，风格颓放，妙处亦在颓放。恍觉夜色凄然，夜景寂然，又是人人所不能写者。唯情真，故妙也。非大手笔不能为此等诗。

风雨看舟前落花戏为新句①

　　江上人家桃树枝，春寒细雨出疏篱。影遭碧水潜勾引，风妒红花却倒吹②。吹花困懒傍舟楫，水光风力俱相怯③。赤憎轻薄遮入怀，珍重分明不来接。湿久飞迟半欲高，萦沙惹草细于毛。蜜蜂蝴蝶生情性，偷眼蜻蜓避伯劳④。

[注释]

①此是大历五年（770）即去世之年在潭州作，时居于舟中。

②“影遭”二句：言花落之原因是碧水勾引、风妒倒吹。

③“吹花”二句：谓落花怯水畏风，故落于舟前。

④伯劳：鸟名，吃昆虫的小鸟。

[点评]

　　写舟前落花,细腻委婉。花之未落,水妒风欺;花之落矣,又终为物情所弃,实寄寓人生感慨。蜻蜓为夏物,不应于落花时见之,由此亦可知老杜所写并非皆是"目前所见",寄托之意明显。称为戏作,实对落花满是爱惜,所"戏"者,世情也。此诗与《红楼梦》之黛玉《葬花辞》有异曲同工之妙。